ミモザの告白4
八目 迷

CONTENTS

DESIGN
musicagographics

槻ノ木　操

紙木咲馬
椿岡中学校

平成十九年度
入学式
槻ノ木 汐

あの日の輝きを思い出して、
そのたびにもう戻れない事実に打ちのめされて、
何が正しいのか、分からなくなる。
変わってしまったのは、
一体、どっちなんだろう？
槻ノ木 汐

Character

紙《かみ》木《き》咲《さく》馬《ま》
主人公。
高二。
友達が少ない。

槻《つき》ノ《の》木《き》汐《うしお》
咲馬の幼馴染。
女の子として
生きている。

星《ほし》原《はら》夏《なつ》希《き》
元気な少女。
クラスの
愛されキャラ。

槻《つき》ノ《の》木《き》操《みさお》
汐の妹。
兄を軽蔑している。

槻《つき》ノ《の》木《き》新《あらた》
汐と操の父親。

槻《つき》ノ《の》木《き》雪《ゆき》
新の再婚相手。

第七章　愛しき日々たちに

子供にとって親は神様みたいなもの。

いつだったか、そんな言葉を聞いたことがある。幼いうちは、自分の親と周りの親を比べることができないから、親の正しさを疑わない。何より育ててくれる親がいないと子供は生きていけないから、親という存在は絶対的なものなんだって。

なら、もし、その神様がいなくなったらどうなるのか。

私はその答えを知っている。

別の何かが、その子の神様になるのだ。

人間か、物語か、行為か、承認か……何が神様になるのかは人によって様々だけど、私の場合は、一番身近な人だった。

槻《つき》ノ《の》木《き》汐《うしお》。

大好きな家族で、たった一人のお兄ちゃん。そして、私の神様。

その人は、今。

「……何、その格好」

私のセーラー服を着て、廊下に立っていた。

一五歳の、六月のことだった。

私は軽いパニックに陥った。無理もない。家に帰ってくるなり、私のセーラー服を着たお兄ちゃんと鉢合わせたのだ。これが落ち着いていられるわけがない。何を言えばいいのかも分からず、ただ固まっていた。そして、それはお兄ちゃんも同じだった。顔面蒼白《そうはく》になって、完全に言葉を失っていた。

まるで時間が凍り付いたみたいだった。

途端に、身体《からだ》の奥からどす黒いものがこみ上げてきた。

嫌悪？　失望？　悲嘆？

どれも違う。この感情を、あえて言葉にするのなら——そうだ。


使命感だ。


それを理解した途端、堰《せき》を切ったように罵倒《ばとう》の言葉が喉《のど》から溢《あふ》れた。強い言葉で、私はお兄ちゃんを罵《のの》り続けた。罪人に石を投げつけるみたいに——そしてお兄ちゃんも、それが何かの報いであることを理解しているかのように、ただ黙って、私の言葉を一身に受けていた。

言葉が、思いが、止まらなかった。

そのまま一分か、もしかすると五分くらい経《た》ったところで、息が切れた。私は唾液《だえき》を飲み込んで、すり切れた喉《のど》を潤わせる。するとお兄ちゃんは、隙《すき》を見て逃げ出すように、裸足《はだし》のまま家から出て行った。

ガチャン、と玄関の扉が閉じる。恐ろしいほどの静けさが肩にのしかかった。家には私以外、誰もいない。外はもう夜だ。遠くから虫の音《ね》が聞こえる。

急に、身体《からだ》から力が抜けた。すさまじい虚脱感で立っていることもできず、廊下に座り込む。まるで身体の中が空っぽになってしまったみたいに、力が入らない。

もしかしたら、もう、お兄ちゃんは戻ってこないかもしれない。そんな予感がした。戻ってきても、おそらく、それは私が知っているお兄ちゃんではない。

いや。

お兄ちゃんがああだってこと、本当は、気づいていたんじゃないか？

気づいていて、言葉にするのが怖かっただけなんじゃないか？

分からない。分かったところで、どうにもならない。そう考えると、鼻の奥がツンと痛んだ。

——本当に、これでよかったの？

立ち上がる気力の回復を待ちながら、私は記憶を遡《さかのぼ》る。

長い長い川を上るように、使命感の源流を目指した。

【六か月前】


「ねえお兄ちゃん、どうして？」

夕飯の席で私は再びお兄ちゃんを問い詰める。さっきも部屋で言い争っていたけど、どうしても納得がいかなかった。少し、イライラしていた。

当時の私は何かとイライラすることが多かった。友達のひめかちゃんは「それって反抗期だよ」だとか言っていたけど、絶対に違う。私のイライラには、いずれもちゃんとした理由があった。反抗期だなんていう時期的なものから発生する感情ではなく、論理的に考えて怒るべきだと判断したから、怒っているのだ。

「もう、しつこいなぁ。どうだっていいじゃん」

お兄ちゃんは鬱陶《うっとう》しそうに返す。

去年の一二月、お兄ちゃんは高校一年生だった。私の、二つ上。昔は優しかったのに、中学に進学した辺りから、素っ気ない言動を取るようになっていた。

「よくないよ。私も知ってる人だもん。綺麗《きれい》で優しい人だって評判なのに……もったいない」

「そんなこと言われても……」

言葉尻《じり》を濁らせながら、お兄ちゃんは味噌汁《みそ》を啜《すす》る。銀色の髪がカーテンみたいに垂れ下がって、お兄ちゃんの表情を隠した。お母さんから譲り受けた、鏡のような美しい髪。私はお父さんの血が濃かったせいか、お兄ちゃんと違って髪が黒いから、何度もそれを羨《うらや》ましいと思っていた。

「二人とも、喧嘩《けんか》はよくないよ。一体どうしたの」

黙々と食事を取っていたお父さんが、見かねたように注意した。

「お兄ちゃん、学校で告白されたんだよ」

「ちょっと操《みさお》……！」

お兄ちゃんは声を尖《とが》らして私を咎《とが》めた。一方お父さんは「へえ」と感心する。

「やるじゃないか。汐《うしお》はモテるんだねえ」

「でもね、お兄ちゃんったら断ったんだよ？　相手の人、中学の頃《ころ》からすごく人気だったのに」

私たちの住む椿岡《つばきおか》という町は、狭くて閉鎖的なうえ無駄に団結力の強い田舎町だから、噂《うわさ》はすぐに広がる。特に、恋愛的な話は伝播《でんぱ》性が高い。だからお兄ちゃんが誰それに告白されて振ったみたいな話も、風に流されて私の耳に入ってくる。まぁ、お兄ちゃんは椿岡ではちょっとした有名人だからというのもあるけど。

「好きでもない人と付き合えないよ。それに、大して仲よくもなかったし」

「それでも、あんないい人、なかなかいないでしょ」

「だから興味ないんだってば。なんでそんなに突っかかってくるの？　操には関係ないんだから、ほっといてよ」

カチンと来た。こっちは心配して言ってあげてるのに。

反論しようとしたら、玄関から扉の開く音が聞こえた。

あの人が帰ってきた。

私は口を噤《つぐ》む。お兄ちゃんと話すのは、食事のあとでもいい。

「ただいまー」

つやつやした長い髪が視界の端で翻る。ジャケット姿の雪《ゆき》さんが、リビングに入ってきた。

雪さん……私が中一の頃、お父さんが家に連れてきた再婚相手。だけど私は、この人をお母さんと認めていない。きっと、お兄ちゃんも同じことを思っている。

別に、雪さんは悪い人じゃない。むしろいい人だと思う。それでも、私はこの人をお母さんとは呼びたくなかった。

「おかえり。残業、お疲れ様」

お父さんだけが、雪さんに挨拶《あいさつ》を返した。

「ありがとう。最近忙しくて参っちゃう……それより、晩ご飯任せちゃってごめんね」

「構わないよ。作ってくれてたの、温めるだけだったしね」

雪さんは奥の部屋に行って、しばらくすると、部屋着に着替えて戻ってきた。キッチンから自分の食事を持ってきて、私たちと同じ食卓に着く。

丁寧に、いただきます、と言って食事を始める。

「今日、寒かったね」

雪《ゆき》さんが、会話を切り出す。

お父さんが「そうだね」と返した。

「明日からもっと寒くなるみたいだよ」

「そうなの？　そろそろコタツ出したほうがいいのかなぁ」

「いいね。今度の休みにでも出そう。僕も手伝うよ」

「じゃあそうしよ」

雪さんの視線が、私に移った。

そのとき、私はわずかに緊張してしまう。

「操《みさお》、お布団寒くない？」

「別に、平気」

「そう、よかった。寒かったらいつでも言ってね。納戸から出してくるから」

私は小さく頷《うなず》いて、食事を続けた。

食卓に沈黙が下りる。点《つ》けっぱなしのテレビから聞こえる芸能人の笑い声が、やけに大きく聞こえた。雪さんがこの家にやってくるまで、食事中にテレビは点けないことになっていた。

テレビを観《み》ながら食べるのは行儀が悪いとか、別にそういった理由があるわけではなく、ただなんとなく、昔からそうだった。それを、雪さんが変えた。

味噌《みそ》汁の味付けも。

ティッシュの種類も。

リモコンを置く場所も。

本当のお母さんがいた頃《ころ》から、いろんなものが変わっていく。どれも些細《ささい》なことだけど、一つひとつ変化を認識するたび、心がささくれ立った。

私はご飯を食べ終えて、何も言わず、席を立つ。


お風呂《ふろ》に入ってから自分の部屋に戻って、学校の宿題を手早く済ませた。ついでに定期考査が近いから軽くテスト勉強もしておいた。来年から中学三年生だ。そろそろ高校受験を意識しなければならない時期だった。

英語の単語帳を捲《めく》っていると、机の上に置いている携帯が震えた。メールが来たみたいだ。

画面に映る送り主は『笹原姫香《ささはらひめか》』。私は携帯を手に取って、メールの文章に目を通した。

『こんばんは☆　今日寒かったね。よかったら電話しない？』

ひめかちゃんはメールが苦手（正確にはメールじゃなくて返事を待っている時間が苦手らしい）なので、連絡を取り合うときは大体電話になる。私もだらだらメールを打つよりそっちのほうが効率的だと思っているので、なんの異論もなかった。早速、ひめかちゃんに電話をかける。

「もしもし、ひめかちゃん？」

『あ、みーちゃん。いま何してた？』

「勉強だよ。テスト、近いから」

『あー、そうだよねえ。そろそろ冬休みだし。あ、もしかして邪魔しちゃった？』

「ううん、平気。分からないとこあんまりないし」

『そっか、みーちゃんはさすがだなあ。私もテスト近いんだけど、今回やばいかも……』

私とひめかちゃんは幼稚園の頃《ころ》からの友達で、同じスイミングスクールに通っていたけど、小学校も中学校も別だった。私は公立で、ひめかちゃんは私立。勉強が難しいとか、周りの子はみんな頭がいいとか、ひめかちゃんはよく弱音を吐いていた。

『そういやみーちゃんはもう進路決めた？　第一志望、迷ってたみたいだけど』

「まぁ、一応。今のとこ椿岡《つばきおか》高校にするつもり」

『ああ、お兄さんと同じとこにするんだ。私も椿岡にしようかなあ。そしたら家近いし、みーちゃんと同じ学校通えるし』

「まだ入れると決まったわけじゃないよ」

でも、そう言ってくれるのは嬉《うれ》しかった。ひめかちゃんとの友情は幼稚園の頃から少しも揺らがない。変わらないものの安心感が、身に染みた。

しばらくひめかちゃんと近況を話し合ってから、私はある質問をした。

「ひめかちゃんは、もし知らない人から告白されたらどうする？」

『ええ!?　いきなりどうして？　もしかしてみーちゃん、告白されたとか……？』

「違うよ、私じゃない」

『ほんとにぃ？　嘘《うそ》じゃない？』

「嘘ついてどうなるの……」

疑われる意味が分からない。

『だって、みーちゃんに彼氏ができたら私と電話してくれなくなるんじゃないかと思って……あ、でももし付き合うってなっても私は応援するからね！　そうなったら言ってね！』

「早く質問に答えて」

ひめかちゃんは「あう」と叱《しか》られた子犬みたいな声を出した。

『うーん……相手によるかなぁ』

「カッコよくて優しいって評判の人だったら？」

『なんか具体的だ……』

そうだなぁ、どうしようかなぁ、とひめかちゃんは唸《うな》る。どことなく楽しそうだ。

『すっごく悩むけど……断っちゃうかも』

「えー！　どうして？　すごくいい人なんだよ？」

『だって緊張しちゃいそうだし……それに、私なんかに告白するってことは何かの罰ゲームかもしんないし……』

「いやいやそんなことないよ。ネガティブすぎるよ」

ひめかちゃんに訊《き》いたのは間違いだったかもしれない。

なんとか「付き合う」と言わせたくて告白してきた人の条件を他にもいろいろ追加してみたけど、それでもひめかちゃんは一向にオーケーしなかった。「うーん」とか「でもなぁ」とか曖昧《あいまい》な態度を取られるうちに、私はイライラしてくる。

だって普通はオーケーするものでしょ？　もしひめかちゃんの意見が一般的なら、私がお兄ちゃんに対して言ったことが間違いになってしまう。そんなことは、あってはならない。

どう言えば前向きに付き合うことを考えてくれるだろう、と悩んでいたら、隣の部屋から物音が聞こえた。お兄ちゃんが自分の部屋に入ったみたいだ。

「ごめん、そろそろ勉強に戻るね」

『あ、うん。分かった。じゃあ、またね』

「うん、またね」

通話を切って、携帯を机の上に置く。

私は廊下に出た。冷たい廊下のフローリングをぺたぺたと進み、お兄ちゃんの部屋に続くドアをノックする。

「何？」

と返事がしたので、私は部屋に入る。

お兄ちゃんはキャスター付きの椅子《いす》に座ったまま、こちらに身体《からだ》を向ける。お風呂《ふろ》から上がったばかりなのか、少し頰《ほお》が火照っていた。色白だから、赤みがよく目立つ。

「夕飯のときの、話の続き」

私はベッドに腰掛けた。

相変わらずお兄ちゃんの部屋は綺麗《きれい》に片付いていた。綺麗すぎて無個性だと感じるほどに。前に入ったときより、物が少なくなっている。テレビの下に置いてあったゲーム機は、物置にでもしまわれたのか、どこにも見当たらなかった。

「今から宿題しようと思ってたんだけど」

「すぐ終わるから。まぁお兄ちゃんの返答次第だけど」

「何それ。尋問でもするつもり？」

「そう感じるなら、そうなるかも」

「ああそう……まぁいいや。手短に頼むよ」

私も長引かせるつもりはないので、単刀直入に言う。

「お兄ちゃんさ、今までいろんな人に告白されてるのに、誰とも付き合ったことないでしょ？」

お兄ちゃんは驚いたように目を見開いた。

「なんで知ってるの？」

「クラスメイトから聞いた。お兄ちゃん有名だから私の耳にも入ってくるの。ていうか、みんなからいろいろ訊《き》かれるんだよ。本当はどうなの？　って」

「みんなって誰」

「みんなはみんなだよ」

実際は三、四人くらいだった。でも、私からすれば十分みんなだ。口にしないだけで、気になっている人はきっとたくさんいる。

お兄ちゃんは腕を組んで何か考えたあと、深刻な表情で口を開いた。

「操《みさお》、杉橋《すぎはし》さんから何か言われてる？」

「え？」

きょとんとする。杉橋さんは、お兄ちゃんに告白した人だ。

「いや、何も言われてないけど……会ったこともないし。なんで？」

「何か頼まれたのかと思って。振られた具体的な理由とか、何がダメだったのか……そういうこと聞いてほしい、みたいな」

「聞かれてないけど……。え、理由もなく振ったの？」

「いや、違うよ」

お兄ちゃんは慌てたように言う。

「ちゃんと説明した。今は部活に集中したいから、他のことに気を取られたくないんだって。でも……杉橋《すぎはし》さん、あまり納得してない感じだったから」

「……」

部活のほうが大事だというなら仕方ない、とは思う。たしかにお兄ちゃんは陸上部で優秀な成績を残しているし、怪我《けが》でもしないかぎりこれからもっと活躍していくだろう。でも、いまいち腑《ふ》に落ちなかった。

私の疑りを感じ取ったのか、お兄ちゃんは面倒そうに言葉を続けた。

「……たしかに、可哀想《かわいそう》だとは思うよ。杉橋さんも、自信もあっただろうけど、告白するって勇気のいることだろうし。でもさ、それって結局、他人の事情なんだよ。ぼくには関係ない」

少し突き放した言い方だけど、お兄ちゃんの言うことはもっともだ。でも、やっぱりモヤモヤしていた。私のなかで言語化できない疑問が残っている。それを探りながら、話を続けた。

「……お兄ちゃん、みんなからいろいろ言われてるよ」

「みんな、ね」

嫌《いや》そうに強調する。

「理想が高すぎるだとか、女の子に興味がないだとか……言われっぱなしでいいの？」

一瞬、お兄ちゃんの表情が強張《こわば》った。決して楽しい噂《うわさ》ではないし、お兄ちゃんにとっても平然と受け流せるものではなかったようだ。

「……くだらない」

吐き捨てるように、お兄ちゃんは言った。声音《こわね》の冷たさに、私は少したじろぐ。

お兄ちゃんは正面からじっと私を見つめて、諭《さと》すように言った。

「あのね、操《みさお》。たしかに、ぼくが誰かと付き合えば、そういう噂はなくなるかもしれないよ。でも、そのためだけに付き合うなんて、バカバカしいと思わない？　それに、そういう噂を好んで流すような人たちは、ぼくが付き合おうが付き合うまいが、面白がってあることないこと噂するんだよ」

「……そういうものなの？」

「うん」

即答して、お兄ちゃんは椅子《いす》の背に深くもたれた。

「だって、ここってそういう町だもん」

どこか投げやりで、諦《あきら》めたような言い方だった。それでつい、同情的な気分になる。言いたいことはまだいろいろあるけど、話を続ける気が失せてしまった。

「分かった」

私はベッドから立ち上がる。

部屋から出て行こうとして——だけどその前に、一つだけ言いたいことがあった。

「お兄ちゃんの噂《うわさ》に、私も巻き込まれるのはごめんだからね」

それだけ言い残して、私は部屋を出た。


その翌朝は、ひどく冷え込んだ。学校に行くのを憂鬱《ゆううつ》に感じながら、私は自室でパジャマからセーラー服に着替える。もう一〇分もしないうちに家を出る。

学生鞄《かばん》のチャックを開いて、中の教科書を確認する。昨夜の時点で準備は済ませてあるけど、学校に行く前にもう一度チェックする。それがルーティンだった。

「……あ」

電子辞書がない。昨日、お兄ちゃんから借りるのを忘れていた。紙の辞書もあるけど、あれは重いので持ち運びたくない。

お兄ちゃんは陸上部の朝練で、すでに家を出ている。少し気が引けるけど、勝手に借りよう。

私は廊下に出て、お兄ちゃんの部屋に入った。前に借りたときは、たしか勉強机の引き出しから電子辞書を取り出していた。今もそこにあるはずだ。

引き出しを開けると、予想どおり電子辞書があった。すぐに見つかってホッとする。

「ん？」

引き出しを閉めようとしたら、奥のほうにポーチを見つけた。

これといった特徴のない、水色のポーチだ。見つけた場所がお兄ちゃんの部屋の引き出しでなければ、気にも留めなかっただろう。物が減っていくお兄ちゃんの部屋で、新たに増えたもの……それが私の興味を引いた。

私はポーチを手に取った。ごろごろとした手触りから、中にいろんなものが入っているのが分かる。好奇心に負けて、私はポーチを開いた。そして中にあるものを、一つ取り出す。

「これって……」

ハサミ……じゃない。ビューラーだ。

他のものも取り出す。リップ、チーク、アイシャドウ……全部、化粧品だ。

──これ、お兄ちゃんの？

いや、まさか。男の子は化粧なんかしない。最近はやってる人もいるらしいけど……でも、お兄ちゃんが化粧をしているところは見たことがない。

ああ、そうだ。分かった。たぶん、女の子の友達が部屋に置き忘れたのだろう。それを、お兄ちゃんが預かっているのだ。もしかしたら、友達じゃなくて彼女かもしれない。噂になるどころか、妹である私にすら気づかないくらい、巧妙に隠している、彼女……。

私は化粧品をポーチに戻して、引き出しにしまった。

たかが化粧品くらいで動揺することはない。誰のものであろうと、私には関係のないことだ。なのに、どうして、こんなにも心をかき乱されるのだろう。

記憶のなかに点在する小さな違和感が、一つの可能性を映し出そうとしている。それがはっきりと形を持つ前に、私はお兄ちゃんの部屋を出た。

そのとき、お母さんの言葉が蘇《よみがえ》った。

『ずっと、操《みさお》の優しいお兄ちゃんでいてね』

雪《ゆき》さんではなく、私の本当のお母さんが、お兄ちゃんにかけた言葉。

このタイミングで思い出したのには、きっと理由がある。

だけど、今は考えたくなかった。


【二年前】


「君たちに会わせたい人がいるんだ」

お父さんが私たちを〝君〟もしくは〝君たち〟と呼ぶときは、決まって真剣な話だ。それも今回は、声音《こわね》や表情からして、今まで以上のものを感じた。

私が中学生になってから、二か月が経《た》った頃《ころ》だ。梅雨の気配を間近に感じる夜、夕飯を食べていると、突然お父さんがそう切り出した。

「会わせたい人って？」

私は箸を止めて質問する。

実は、なんとなく予想はついていた。だけどそれを自分の口から言うのは嫌《いや》だった。

「祖父江雪《そふえ》さん……知ってるだろう？　これから僕が再婚する人」

やっぱりだ。

再婚しようと思うんだ――とお父さんが初めて口にしたのは、春先のことだった。だけど、それより前から前兆みたいなものはあった。ある日を境に、お父さんの外出時間が増え、やけにこざっぱりした格好をするようになり、顔が生き生きし始めたのだ。私は新しい趣味でも見つけたのかと思った。再婚と知るまでは。

最初は戸惑った。〝再婚〟という単語がひどく生々しいものに思えて、正視できずにいた。別に反対するつもりはない。お母さんが亡くなってから、苦労して私たちを育ててくれたお父さんを、困らせたくはなかった。きっと、お兄ちゃんも同じ考えだと思う。

「いいよ」

とお兄ちゃんが言った。

ずいぶんと落ち着いている。まるでよくある話題の一つに相槌《あいづち》を打つみたいな淡泊さだった。三年生といえど私と同じ中学生なのに、やけに大人びて見えた。

「そのうち会うだろうなって思ってたから。ぼくは、大丈夫」

「そっか。察しがよくて助かるよ。操は？」

「え、あ、うん。私も、大丈夫」

お兄ちゃんに釣られて私も頷《うなず》く。でも、あまり会いたくない。優しい人だって聞いているけど、何を話していいのかも、どんな距離感で接すればいいのかも、分からない。

「一つだけ、言っておくよ」

私の戸惑いを察したのか、念押しするようにお父さんが言った。

「雪《ゆき》さんはいい人だけど、君たちは無理して好きにならなくてもいい。もちろん、お母さんのことを忘れようとしなくてもいい。僕は何があっても君たちの味方だから、自分の気持ちを偽らないでね」

そう言ったあと、お父さんは何かに気づいたように、ふふっと笑った。

「三つくらい言っちゃったね」


それから一週間後、雪さんは槻ノ木《つきのき》家に訪れた。

綺麗《きれい》な人だな、というのが雪さんの第一印象だった。すらりと伸びた背筋に、長くて黒い髪。リビングの照明に照らされて、頭に白い輪っかができていた。

雪さんはソファでくつろぐ私とお兄ちゃんの元に寄ると、ぺこりとお辞儀《じぎ》をした。

「初めまして、祖父江《そふえ》雪です。今日はよろしくね」

私たちは慌ててソファから立ち上がって、お辞儀を返した。

今日はお父さんが手料理を振る舞うことになっていた。キッチンに立つお父さんを、雪《ゆき》さんが手伝う。私はお兄ちゃんと並んでテレビを観《み》ながら、ちらちらとキッチンを盗み見していた。

「雪さん、じゃがいもの皮剥《む》き頼んでいいかな？」

「もちろん。料理は得意だからなんでも言って。皮が剥けたら一口サイズに切ればいい？」

「そうそう、助かるよ。包丁は下の棚にあるから自由に使って」

「うん、分かった」

二人とも、仲がよさそうに見えた。そりゃそうだ。でないと結婚なんかしない。

料理が完成して、私たちは食卓に着く。いつになく豪勢な料理が並んでいるものの、食欲は湧《わ》かなかった。

食事をしながら、雪さんは私とお兄ちゃんにいろいろと話しかけた。「学校はどう？」「趣味とかあるの？」「二人ともすごく綺麗《きれい》な顔をしてるよね」。雪さんは明るくて、よく喋《しゃべ》る人だった。お父さんが言っていたとおり、いい人なんだろうなとは思う。でも、この人がお母さんになる未来を、私はまったく想像できなかった。

やがて食事を終えて、片付けを済ませると、雪さんは帰った。

なんだかあっという間だった。私はソファに腰を下ろして、だらりとクッションにもたれる。少し遅れて、お兄ちゃんも隣に座った。

「二人とも、お疲れ様」

お父さんが労《ねぎら》いの言葉をかけてきた。実際、疲れていた。妙に気を張ってしまって、料理を楽しむ余裕もなかった。

「雪さん、どうだった？　仲よくできそう？」

……よく分からない。もし雪さんが、部活の顧問だったり家庭教師だったりするなら、なんの不満もない。でも母親となると、話は違う。安易に首を縦に振ることはできなかった。けどお兄ちゃんは、迷うことなく「うん」と頷《うなず》いた。

「いい人だと思う」

「それはよかった。操《みさお》はどう？」

「まぁ……お兄ちゃんと、同じかな」

そっか、と言って、お父さんは安心したようなしていないような、はっきりしない顔をした。もう少し具体的な感想を求めていたのかもしれないし、あるいは私のどっちつかずな気持ちを見抜いていたのかもしれない。

「些細《ささい》なことでもいいから、気になることがあったら言ってね」

まるで捜査中の刑事さんみたいなことを言うと、お父さんはお風呂《ふろ》を沸《わ》かしに行った。リビングには、私とお兄ちゃんだけになった。

「……ほんとはどう思ってるの？」

お兄ちゃんに訊《き》いた。無論、雪さんのことだ。

「どうって……さっき言ったとおりだよ」

「ほんとに?」

お兄ちゃんは短くため息をついて、億劫《おっくう》そうに口を開いた。

「……いい人だって言ったのは、本当」

「そう」

仲よくできるかどうかは別なんだ。そう思うと、少しだけ元気が出た。

「あの人さ、ちょっとだけお母さんに似てたね」

「ああ……操《みさお》もそう思ったんだ」

「見た目は全然だけど、姿勢とか、話し方とか、なんかお母さんっぽいって思った」

「そうだね」

「やっぱり、お父さんも寂しかったのかな」

「……」

お兄ちゃんは何も答えない。ひどくつまらなさそうに、テレビを観《み》ている。

私はもう少しお兄ちゃんの考えを聞き出したくて、話を続けた。

「でもさ、ちょっと薄情だよね」

「……誰が?」

「お父さん。あんなにお母さんのこと大好きだったのに、また結婚するなんてさ。お母さんに申し訳ないとか思ったりしないのかな」

「操」

ぞっとするほど冷たい声で呼ばれて、思わず肩が震える。

「それ、お父さんには絶対言うなよ」

有無を言わせない強い口調に、私は顔を引っぱたかれたような衝撃を感じた。同時に、猛烈な恥ずかしさに襲われる。ものすごく浅はかな発言をしてしまったと、理屈ではなく感情で、思い知らされた。

「わ、分かってる！　本気で言ったわけじゃないから！」

私はソファから立ち上がって、自室へと向かった。

あんな言い方しなくていいじゃん――と内心で愚痴を吐く。お父さんに言うつもりなんて一ミリもないし、そもそも本気で言ったわけじゃない。お兄ちゃんがどういう反応をするか知りたかっただけだ。だから一応、目論見《もくろみ》どおりではあるのだけど……。

自室に入り、ベッドに倒れ込む。

お兄ちゃんは、変わった。小学生の頃《ころ》は虫も殺さないような人だったのに、中学生になってから、冷たくなった。いつも淡々としていて、笑顔を見せる回数も減った。

理由は、なんとなく見当がついていた。

お母さんが亡くなったこと、そして、咲馬《さくま》さんのこと。

どちらも、私にはどうしようもない問題だ。

雪《ゆき》さんが家族に加われば、少しは好転するのだろうか。

とてもそうは思えなかった。

「はぁ……」

憂鬱《ゆううつ》だ。


雪さんと食事をともにしてから三か月後、お父さんと雪さんは結婚した。祖父江《そふえ》雪さんは槻《つき》ノ木《のき》雪さんとなり、家族が四人になった。

雪さんは仕事をしながら、お父さんと協力して家事をこなしていった。最初は事あるごとにどたばたしていたけど、物覚えは早いみたいで、そのうち一人で夕飯やお弁当を作るようになった。

雪さんの料理は、どれもおいしかった。おかずの種類が豊富だし、量もちょうどいい。私が素直に「おいしい」と感想を伝えると、雪さんはすごく喜んだ。それで一層、料理にも気合いが入った。

でも、夕食の時間を楽しみに感じたことは、一度もなかった。

雪さんの料理をおいしいと感じれば感じるほど、やたら味付けの濃いお母さんの手料理が恋しくなった。お父さんの料理じゃ何も感じなかったのに、どうして雪さんの料理はこうも変な形で心に響くんだろう。料理だけじゃない。雪さんが洗濯された私の下着を畳んでいるときや、電話に出て「槻ノ木です」と名乗るときも、心の柔らかいところを爪《つめ》でなぞられるような感じがした。

　自分でも、ちょっと……いや、かなり過敏な気がする。

　過敏といえば、あのときもそうだった。

　休日の朝のことだった。私がベッドで眠っていると、しゃっとカーテンの開く音がして、目を覚ました。部屋には雪さんがいた。華奢《きゃしゃ》な後ろ姿が、朝日の逆光でシルエットのようになっていた。寝ぼけていた私は、あろうことか、その背中を大好きなあの人と重ねてしまった。

「お母さん……」

　半分寝言みたいな言葉が、口から漏《も》れた。

　後ろ姿が、くるりと振り返った。

「おはよう操《みさお》！　今日もいい天気だよ」

　お母さんの面影は一瞬で消えた。

　眠気が吹き飛んで、かあ、と顔が熱くなった。よりにもよって、この人をお母さんと間違うなんて——自責と恥ずかしさが頭の中でごちゃ混ぜになって、私は飛び起きた。

「か、勝手に入んないで！」

　雪さんはびっくりしたように目を丸くすると、顔に狼狽《ろうばい》の色を滲《にじ》ませた。

「ご、ごめん！　ほんと、いい天気だったから……」

「一人で起きられるから。子供扱いしないでよ」

「そうだよね……」

そのときの雪《ゆき》さんの顔を見て、しまった、言いすぎたな、と後悔した。謝ろうかとも思ったけど、もう遅くて、雪さんは部屋から出て行った。

その日から、なんだか気まずくなって、私は雪さんを避けるようになってしまった。

別に、嫌いになったわけじゃない。気難しい子だと思われたかもしれない、と考えると、何を話していいのか分からなくなったのだ。話しかけられても、素っ気ない反応しかできず、なかなか目も合わせられなかった。

だけど雪さんは、前と変わらず、無遠慮に明るさを振り撒《ま》いた。

雪さんはいつだって元気だった。その姿を、たまに白けた目で見てしまう。本当はしんどいはずなのに。私にムカついてるはずなのに。本心を隠して母親を演じているだけなんじゃないかって、疑ってしまう。

……まぁ、実際はそんなことないんだろうけど。

雪さんを受け入れられない理由がほしいだけかもしれない。

「ねえ、操《みさお》。ホットケーキ食べたくない？」

土曜日の朝。

お兄ちゃんは部活、お父さんは仕事で、家には私と雪さんの二人きりだった。顔を洗って洗面所から出てくると、雪さんにそう提案された。

「お父さんからホットケーキが好きだって聞いてね。材料はあるからすぐに作れるけど、どうかな？」

たしかに、ホットケーキは好きだ。昔はお母さんが作ってくれるたび、小躍りするくらい喜んだ。思えばここ最近、食べていない。

私は少し悩んで、「うん」と頷《うなず》いた。すると雪さんは、花が開いたように喜んだ。

「よし！　じゃあちょっと待っててね。ぱぱっと焼いちゃうから」

ご機嫌な雪さんを傍目《はため》に、私はソファに座る。

私だって、ずっとギスギスした関係でいたくない。雪さんを受け入れたい気持ちはある。向こうから歩み寄ってくるなら、こっちだって半歩くらいは近づいてあげてもいい。

何度もいうけど、雪さんのことは別に嫌いじゃない。好きになれるならなりたいのだ。

キッチンから甘い香りが漂ってきた。くるる、と小さくお腹が鳴る。ホットケーキの出来によっては、少しくらい雪さんに気を許してあげてもいい――なんて、どこから目線なんだって自分で思うけど。

「お待たせ！」

雪《ゆき》さんが焼きたてのホットケーキを運んできた。

真ん丸のホットケーキに、四角いバターが載《の》っかっている。お店で見るような模範的なホットケーキ。一緒についてきたメイプルシロップをかけて、私はフォークとナイフを手に取った。八等分に切って、その一切れを口に運ぶ。

「どうかな?」

私の正面に座る雪さんが、わずかに緊張した面持《おもも》ちで感想を求めてくる。

雪さんの作るホットケーキは、おいしかった。生地に厚みがあってふっくらしていて、ほんのりバニラの風味がする。そもそも見た目からして綺麗《きれい》だった。焼き色が均一で、焦げたところなんて一つもない。

私は、お母さんの作るホットケーキを思い出していた。

お母さんのホットケーキは、もっと生地がもっさりしていた。たぶん、焼きすぎなのだ。「フライパンを一度冷ましてください、って裏に書いてあるよ」と言っても、「大して変わんないよ」と言って聞かなかった。きっと雪さんは、ちゃんと濡《ぬ》らしたタオルで一度フライパンを冷ましているのだろう。

私はもう一切れ、ホットケーキを口に運ぶ。

やっぱりおいしい。

そっか。

私のお母さんって、ホットケーキ作るの下手《へた》くそだったんだ。

「もういい」

「えっ」

私はナイフとフォークを置いて、席を立った。これ以上食べると、お母さんの作るホットケーキの味を忘れてしまいそうだった。雪さんの存在に、お母さんの記憶が塗りつぶされそうだった。

「ま、待って。食欲なかった？　それとも、おいしくなかったかな……？」

雪さんは不安そうに顔を曇らせる。あのときと同じ表情だ。カーテンを開けに来た雪さんを部屋から追い出した、あのときと。まるで自分が聞き分けのない子供みたいに思えてくる。実際そのとおりだ。いまだに亡くなったお母さんを引きずっている、ワガママで寂しがり屋な、がきんちょ。

ああ、ダメだ。これ以上ここにいると、泣きそうになる。

「……まだ眠たいから、寝る」

「もしかして具合悪い？　熱、測ってみる？」

「別にいい」

「でも」

「いいからほっといて！」

つい、声が大きくなった。

困惑する雪《ゆき》さんを見て、ずきりと胸が痛む。罪悪感を振り切るように、私はリビングを出て、自室に戻った。

ベッドに倒れ込んで、枕《まくら》に顔を埋める。

雪さんの料理が下手《へた》くそだったら……それか、もっとだらしない人だったら、こんな思いはせずに済んだのだろうか。考えても無意味なことだった。


その日の夜、私の部屋にお兄ちゃんが来た。

「操《みさお》、ちょっと雪さんに冷たすぎない？」

ベッドに座る私を、お兄ちゃんは仁王立ちで見下ろしている。

一瞬、ホットケーキのことを言われたのかと思ってドキリとした。でも今朝はお父さんもお兄ちゃんも家にいなかったし、雪さんが告げ口するとも思えない。だから、普段の私の態度について言っているのだろう。

「別に、普通でしょ」

「どこが。話しかけられても全然目を合わそうとしないし、たまに無視してるでしょ。いくら気に食わなくても、お父さんの再婚相手なんだからもっと仲よくしなきゃ」

私は少し笑ってしまいそうになる。

「お父さんの再婚相手だから？　お母さんだから、じゃなくて？　お兄ちゃんだって、あの人のこと認めてないいんじゃないの」

「でも、ぼくは表に出さない」

「ほら、否定しないんだ。お兄ちゃんに言われたくない」

　まるでお説教をされているみたいで、つい反抗的な態度を取ってしまう。それにお兄ちゃんにも不満を感じていた。この頃《ころ》、お兄ちゃんは全然私に構ってくれなかった。部活や受験で忙しいのは分かるけど、もっと遊んでほしかった。それがどれだけ幼い願望なのかは、自覚している。

　お兄ちゃんはうんざりしたような顔をした。

「もし雪さんが離れていったらどうするの？　またお父さんが一人で全部やらなくちゃいけなくなるんだよ」

「私だって、家事とか手伝う。料理も頑張って覚えるし」

「子供にできることなんて知れてるよ。お金だって稼げないんだから」

「バイトとかする」

「中学生にできるバイトなんてないよ」

「あるもん。新聞配達とか……」

　お兄ちゃんは額《ひたい》を押さえた。

「一体どうしちゃったの、操《みさお》。そんな強情になることなかったよね？」

「それはだって、お兄ちゃんが」

「ぼく？」

——お兄ちゃんが、構ってくれないから。

口が裂けても、そんなことは言えない。

「……お兄ちゃんだって、変わったでしょ。昔はもっと優しかったのに、最近、冷たくなった。私が変わったっていうなら、それはお兄ちゃんのせいだよ」

苦し紛れに放った一言だけど、お兄ちゃんはわずかに目を泳がせた。

「そんなの……言いがかりだ。ぼくのせいにされても困るよ。これは操の問題でしょ？」

「違うよ」

「違わない」

「違うったら違う」

頭の中に言葉が足りないせいで、バカみたいに同じ言葉を連呼するしかない。そんな自分の幼さが悔しくて、涙が出そうになってくる。

「もう……言うこと聞いてよ。ぼくだって、いろいろ忙しいんだから」

お兄ちゃんの余裕ぶった態度が、私の自尊心を一層刺激した。

「……いろいろって、咲馬《さくま》さんのこととか？」

「な」

お兄ちゃんの顔に動揺が表れた。

咲馬さんの名前がお兄ちゃんにとって大きな意味を持つことを私は知っている。弱みにつけ込むようであまり使いたくなったけど、このまま言いくるめられるのは嫌《いや》だった。

「違うよ、どうしてそこで咲馬が出てくんのさ」

「だってお兄ちゃんの関心って、大抵咲馬さんのことだったじゃん」

「何年前の話をしてるの？　もう、そういうのじゃないから。咲馬とは……しばらく遊んですらいないし」

お兄ちゃんと咲馬さんは、小学校を卒業するまで毎日のように遊ぶくらい仲がよかった。でも中学生になってから、咲馬さんは明らかにお兄ちゃんを避け始めた。そのことにお兄ちゃんはひどく心を痛めている。

咲馬さんが離れていった理由。お兄ちゃんが部活で忙しいから？　それだけじゃない。他にもっと大きな理由がある。私は知っているけど、たぶん、お兄ちゃんは気づいていない。本当のことを教えるつもりはなかった。言ったって、どうしようもないことだからだ。

「……咲馬さん、きっとお兄ちゃんに愛想尽かしちゃったんだよ」

「っ！」

お兄ちゃんの顔がさっと赤くなった。あ、怒られる――と思って、私は反射的に目を伏せる。身体《からだ》を硬くして叱責《しっせき》に備えたけど、いつまで経《た》っても何も言われなかった。

おそるおそる顔を上げると、そこには能面のような無表情で佇《たたず》むお兄ちゃんの姿があった。

「もういいよ。勝手にすれば」

お兄ちゃんは踵《きびす》を返した。

後悔がこみ上げてくる。少し意地悪しすぎたかもしれない。咲馬《さくま》さんの名前を出して不安にさせようとしたのは、まずかった。

これはたぶん、謝ったほうがいい。

私はベッドから立ち上がる。びくびくしながら呼び止めようとしたら、お兄ちゃんはドアの前で振り返った。そして、底冷えするような視線を私に向ける。

「操《みさお》のせいで離婚しても知らないから」

そう言い残して、お兄ちゃんは部屋から出て行った。

私は立ち尽くしたまま、しばらく動けなかった。まるで鉛を飲み込んだみたいに、お兄ちゃんの言葉がずしんと胃に残っていた。

……たしかに、私はよくないことを言った。お兄ちゃんが咲馬さんのことで一時期ずっと落ち込んでいたことを知りながら、その弱みにつけ込んだ。

でも、だからって、あんな……あんな言い方しなくてもいいのに。

じわ、と目の奥が熱くなる。私は唇《くちびる》を強く噛《か》んだ。悲しみと悔しさを痛みで紛らわせようとした。

思えば、お兄ちゃんと喧嘩《けんか》したのは何年ぶりだろう。いや、そもそも喧嘩なんてしたことがあっただろうか。私たちは誰よりも仲よしで、ダイヤモンドのように美しく強固な絆を築いていた。

あの頃《ころ》は楽しかった。

もし……咲馬さんがずっとお兄ちゃんのそばにいたら、こんなことにはならなかったのだろうか。


【四年前】


ピピピ、と鳴る目覚まし時計のアラームを止める。

カーテンの隙間《すきま》から朝日が漏《も》れている。ベッドから起き上がると、ぶるりと身体が震えた。三月とは思えないほど、空気が冷たい。

「うう、さむさむ……」

自分の肩を擦《こす》りながらベッドから降りる。そのとき、部屋の反対側にあるベッドに目が行った。布団が捲《めく》れ上がっている。お兄ちゃんは今日も走ってるみたいだ。

お兄ちゃんとの相部屋も今月いっぱいまでだと思うと、少し寂しくなる。来月には仕切りを作るリフォームをして、部屋を二つに分けるらしい。別に私はずっと同じ部屋でもよかったのだけど、お兄ちゃんは自分だけの空間をほしがっていた。まぁ、お兄ちゃんはもうじき中学生になるし、それが普通なのかもしれない。

私は一階へと向かう。階段を下りきったところで、玄関の扉が開いた。

「あ、操《みさお》。おはよう」

お兄ちゃんだ。

ちょうど朝のランニングが終わったところみたいだ。頰《ほお》が火照って、肌が汗ばんでいた。

「おはよう。いつもより早いね」

「うん。今日、卒業式だから」

上がり框《かまち》に座ってお兄ちゃんは靴を脱ぎ始める。

お兄ちゃんが朝にランニングをするようになったのは、一年ほど前からだ。今まで自主的に走ることなんてなかったし、そもそもお兄ちゃんは運動が苦手だと思っていたから驚いた。

お兄ちゃんは、じっとしてると落ち着かないから、と言っていた。

走っていると、嫌《いや》なことを考えずに済むから、って。

「走るの、楽しい?」

「うん、楽しいよ。今度一緒に走る?」

「ん〜、考えとく」

私は脱衣所に向かう。そこで顔を洗っていると、あとからお兄ちゃんもやってきた。ジャージとTシャツを脱いで、汗を拭《ふ》き始める。鏡越しに見えるお兄ちゃんの身体《からだ》は、白くて線が細くて、お父さんの体つきとは全然違う。これからがっしりした体格になっていくんだろうか。いまいち想像できなかった。

不意に、お兄ちゃんがこちらを向く。

「あんまりじろじろ見ないでよ」

困ったように笑いながら咎《とが》められる。

お兄ちゃんは人の視線に敏感だ。見ていると高確率でバレる。ごまかしても無駄なので、私は素直に「ごめん」と謝った。

二人で脱衣所を出る。リビングは暖房が効いていた。お父さんが点《つ》けてくれたのだろう。

私たちは朝ご飯の準備を始める。お兄ちゃんがトーストにバターを塗っているあいだ、私はポットのお湯で二人分のココアを作る。スプーンでココアの粉末をかき混ぜていると、お父さんがリビングに入ってきた。さっきまで洗濯物を干しに行っていたようだ。

「あ、二人ともおはよう」

おはよう、と私とお兄ちゃんは挨拶《あいさつ》を返した。

お父さんはキッチンにやってくる。朝ご飯を作るお兄ちゃんに「助かるよ」と言うと、自分もベーコンエッグを作り始めた。キッチンはそこまで広くないので、三人集まるといっぱいになる。

「お父さん、コーヒーいる?」

「うん。ありがとね、操《みさお》」

やがて三人分の朝食ができて、私たちはリビングのテーブルに移動した。

「いただきます」

と声を揃《そろ》えて、食事を始める。

穏やかな時間が、ハチミツが垂れるようにゆっくりと流れる。

「卒業式って何時から?」

私はトーストをかじりながら、お兄ちゃんに訊《き》いた。

「九時だよ。でも卒業式の前にみんなとなんかやるみたいで、早めに学校行くんだ」

「なんかって?」

「さあ? 最後だから、遊んだりするのかも」

それとも写真でも撮るのかな、とお兄ちゃんは付け加える。

今日はお兄ちゃんの卒業式だ。四月から中学生になり、そして私は小学五年生になる。ここ数年いろいろあったせいで、ずいぶんと時の流れが速く感じられた。

「あ、そうだ」

思い出したようにお兄ちゃんが言う。

「中学から、部活に入ろうと思うんだ」

へえ、とお父さんが反応した。

「いいね。やっぱり中学生といったら部活だものね。どこにするんだい？」

「陸上部」

「なるほど。汐《うしお》は走るのが好きだからなあ。ぴったりだと思うよ」

私はココアを啜《すす》って、「咲馬《さくま》くんも一緒に？」と訊いた。

「うん。迷ってるみたいだったけど、ぼくが誘ったら、じゃあ一緒にするって」

「お兄ちゃんから誘ったんだ。珍しいね」

「今までずっと咲馬のあとを追いかける感じだったからね。中学からは、ぼくも頑張らなきゃって思ってさ。咲馬に頼ってばかりなのもよくないし」

立派な心がけだけど、咲馬さんと違う部活に入るという選択肢はなかったみたいだ。それはそうか、と思う。お兄ちゃんは席替えで咲馬さんと離れただけで、丸一日落ち込んでしまうような人だ。少しでも長く一緒にいたいのだろう。

朝食を食べ終えて、お父さんが食器を洗っていると、家のインターホンが鳴った。

「汐～！　学校行くぞ～！」

家の外から元気な声が聞こえた。インターホンを鳴らした意味がない。

「もう、近所迷惑だからやめてって言ったのに……」

と言いつつも、お兄ちゃんは嬉《うれ》しそうだ。

外にいるのは咲馬《さくま》さんだ。〝あの日〟から学校のある日は毎日のように咲馬さんはお兄ちゃんを迎えに来るようになった。

「汐《うしお》、行く前に……」

「うん、分かってる」

お父さんに返事をすると、お兄ちゃんは「ちょっと待ってて」とインターホンを通じて咲馬さんに言った。

「じゃあ、操《みさお》も」

私は頷《うなず》く。何をするかは分かっていた。三人で、和室へと向かう。

そこに、お母さんの仏壇がある。

三人並んで正座をすると、最初にお父さんが遺影に向かって話しかけた。

「今日は汐の卒業式だよ。ランドセルを背負う姿を見られなくなるのはちょっと寂しいけど、中学の制服姿も楽しみでね。それに汐は陸上を始めるみたいなんだ。上手《うま》く行くよう、見守っててね」

お兄ちゃんは神妙な面持《おもも》ちで遺影をじっと見つめたあと、ただ一言、

「いってきます」

と言って、立ち上がった。部屋を出て、外で咲馬さんと合流する。二人の話し声は和室まで

届いた。

「おはよう汐！ 早く行こうぜ、グラウンドで缶蹴《け》りやるんだ」

「ええ、卒業式の前なのに？」

「卒業式の前だからだろ。中学じゃできない遊びを今のうちにやっとくんだよ」

「中学生になっても缶蹴りはできると思うけど……」

二人の話し声はどんどん遠ざかって、やがて完全に聞こえなくなった。

さて、と言って立ち上がるお父さんに続いて、私もリビングに戻った。


お母さんが亡くなってから、もう二年近く経《た》つ。

そのあいだ、人が死ぬということの悲しさを、嫌《いや》というほど思い知らされた。もうキッチンから陽気な鼻歌が聞こえてくることも、あの柔らかくて大きな胸に顔を埋めることもない。そう考えただけで、胸が張り裂けそうになる。

お母さんが亡くなってすぐの頃《ころ》、私もお兄ちゃんも、しばらく学校を休んだ。ろくに外も出ず、ひたすら無為に時間を過ごした。心を閉ざした私たちを、お父さんは慰めるでも咎《とが》めるでもなく、ただ当たり前のようにそうさせた。

そんな状況を進展させた要因は、いろいろある。

時間が悲しみを薄れさせたこと。

退屈には勝てなかったこと。

お父さんに対する申し訳なさ。

だけどお兄ちゃんにとって家を出る一番大きな理由となったのは、たぶん咲馬《さくま》さんだ。

学校を休み始めてから、咲馬さんは何度も槻ノ木《つきのき》家を訪れた。最初はプリントを届けに来るだけだったけど、そのうち私たちの部屋まで上がり込んでくるようになった。私もお兄ちゃんも、そっとしといてほしかった。それは態度に出ていたと思うし、咲馬さんも気づいていただろう。でも、彼は折れなかった。折れたのは、お兄ちゃんのほうだ。

「……仕方ないな、咲馬は」

咲馬さんの何度目かの訪問で、お兄ちゃんは笑顔を見せた。お母さんが亡くなってから見せる、初めての笑顔だった。

その一週間後くらいに、お兄ちゃんは登校を始めた。あとを追うような形で、私も部屋を出た。長い時間を一人ぼっちで過ごす孤独と退屈に、耐えきれなかった。

正直、お兄ちゃんのことが少し羨《うらや》ましかった。私には咲馬さんのような親友と呼べる友達がいない。学校を休んでいるあいだ、私のことを心配して家に訪ねてきた友達はいたけど、咲馬さんほど親身になってくれる人はいなかった。まぁ、友達のひめかちゃんは励ましの手紙を送ってくれたけど。

もっと積極的に友達を作るべきなんだろうか……と思いつつも、お兄ちゃんさえいてくれたらそれでいい、と思う気持ちもあった。

もし私に友達がいなくなっても、お兄ちゃんと咲馬さんがどれだけ仲よくなっても、私たち兄妹の関係にヒビが入ることはない。そう思うだけで、私は辛《つら》い現実にも立ち向かうことができるのだ。

——当時は、心からそう信じていた。


お兄ちゃんは卒業式を、そして私は終業式を終えて、春休みに突入した。

ちょうど小学生と中学生の境界線にいるお兄ちゃんは、ここのところ楽しそうだった。中学からは部活で忙しくなるだろうから、という理由で、毎日のように咲馬さんと遊んでいる。私もしょっちゅうその二人に交じっていた。

今日もそうだった。

地元の公園で、お兄ちゃんと咲馬さんが並んでスタンディングスタートの姿勢を取っている。私は二人のそばに立って、前もって頼まれていた役割をこなす。

「よーい——」

ドン、のかけ声で二人は地面を蹴《け》って駆けだした。ダッシュの風圧が、私の前髪を揺らす。

ゴールに見立てた桜の木を目指して、一直線に走っていく。

競走しよう、と言い出したのは咲馬さんだ。

二人が駆けっこをするのは、これで二度目だったと思う。一度目は二年くらい前だ。そのときはお兄ちゃんが負けた。咲馬《さくま》さんは身体《からだ》を動かすのが好きで運動神経もよかったので、まぁ妥当な結果だと思った。でも、今回はどうなるか分からない。お兄ちゃんはずっとランニングを続けているから、勝てるかもしれない。

一〇秒くらいで、二人は桜の木に到達した。ここからではどちらが先にゴールしたのか分からなくて、私は走って二人のところへ向かった。

二人とも、桜の木に手をついて呼吸を整えている。

「負けた……」

そう呟《つぶや》いたのは、咲馬さんだった。

「お兄ちゃんが勝ったの？　すごい、おめでとう！」

「まさか、勝っちゃうとはね……」

ずいぶん意外そうだ。嬉《うれ》しさより驚きが勝っているように見える。

咲馬さんは大きく深呼吸すると、どこか一皮剥《む》けたようなさっぱりした表情をした。

「すげーよ、汐《うしお》。前までおれのほうが速かったのに……たぶん、クラスで一番速いぞ」

「えー、そんなにかな？」

「ああ。もっと自信持てよ」

えへへ……とお兄ちゃんは照れくさそうに笑う。

「そっか、速くなったんだ、ぼく……」

　本当に嬉しそうだ。

　咲馬さんは木の幹に背を預けて、腰を下ろす。そんなところに座ったらズボンが汚れるよ、と言おうとしたら、お兄ちゃんも咲馬さんと同じように座った。うぇえ、と思いながら、私は地面にお尻《しり》をつけないよう、お兄ちゃんの隣に膝《ひざ》を抱《かか》えてしゃがみ込む。

「汐、変わったよなぁ」

「え、そう？」

「六年生になってからかな？　頼もしくなったっていうか……なんか、どんどんできることが増えてる感じがする」

「ああ……それは、まぁ、そうかもね」

「朝とかにランニングしてるんだろ？　すげーよ、おれには無理だ」

「別に、大したことじゃないよ。ただ……」

　お兄ちゃんはわずかに視線を下げた。さっきまで照れくさそうに笑っていたのが嘘《うそ》みたいに、その目は老成した雰囲気を帯びていた。

「もっと、しっかりしなきゃなって思ったんだ。お母さんはもういないし……それに」

　私のほうを向く。

「ぼくは、操《みさお》のお兄ちゃんだからね」

当たり前のことだけど、それを友達の前でもちゃんと口にしてくれることが、たまらなく嬉《うれ》しかった。そのとおりだ、槻ノ木汐《つきのきうしお》は私のお兄ちゃんだ。生まれたときから、そしてこれからも変わらない、不変の関係。

——ずっと、私の優しいお兄ちゃんでいてくれる。

お母さんとも、そう約束してくれたんだ。

「り、立派すぎる……妹とアイス取り合ってるおれがバカみたいだ」

「それはそれで仲がよくていいと思うけど」

「汐と操《みさお》ちゃんはそういうのないのか？」

私とお兄ちゃんは顔を見合わせる。

記憶を探ってみたけど、特にそういった経験はなかった。お菓子でもなんでも、私がほしがったら大抵お兄ちゃんが分けてくれる。お兄ちゃんは、優しいから。

「ないね。喧嘩《けんか》したこともないかも」

「マジで？　おれと彩花《あやか》なんか毎日喧嘩してるよ。あいつ、おれに対してすげー厳しいんだよな。母さんは喧嘩するほど仲がいいとか言って止めてくんないし」

喧嘩するほど仲がいい。よく聞く言葉だけど、私はまったくそうは思わなかった。大嘘《うそ》だ、とさえ思っている。なぜなら一度も喧嘩をしたことがない私とお兄ちゃんが、これ以上なく仲よしだったからだ。

「それに、大体おれのせいにされて終わるんだよ。ひどくないか？」

「はは……咲馬《さくま》、苦労してるんだね」

私はふと、あることが気になった。

「咲馬くんとお兄ちゃんは、喧嘩したことあるの？」

たぶんないだろうな、と思ったら、案の定「ないな」「ないね」と二人は口を揃《そろ》えて答えた。

「考えてみれば不思議だよな。性格は反対っぽいけど、汐とは話が合うんだよ。委員を決めるときもそうだったよな？　おれも汐も、図書委員で手を挙げてさ」

「あー……そうだね。てっきり咲馬は体育委員をやると思ってたよ」

「まぁ、本、好きだからな。こう見えて」

最後の一言で私は笑ってしまう。たしかに咲馬さんは、あまり読書好きという感じはしない。でも、月に一度は私たちと図書館に行くので、本が好きなのは本当のことだ。

「たしか、部活も同じにするんだよね」

と私は言った。

すると咲馬さんの表情が、明らかに緊張した。

「あ、それなんだけど……」

途端に、声が小さくなる。

「実はおれ、テニス部に入ろうと思ってさ」

「え⁉」

　お兄ちゃんが信じられないような目で咲馬《さくま》さんを見た。

「陸上部にするって言ったのに……」

「ほんとごめん！　中学からは今までやったことないスポーツに挑戦してみたくてさ……」

　咲馬さんは両手を合わせて本気で謝っている。どうやらお兄ちゃんとの約束を破るつもりらしい。それは見過ごせなかった。

「よくないよ。お兄ちゃん、咲馬くんと陸上部に入るの、楽しみにしてたんだよ」

「うん……マジで申し訳ない……」

　真剣に謝っているのは分かるけど、発言を撤回する気はなさそうだ。

　もっと厳しく言ったほうがいいのかな、と怒る準備をしていたら、お兄ちゃんは「仕方ないな」と言ってため息をついた。

「謝らなくていいよ。気が変わることだってあるし」

「え～、いいの？　お兄ちゃん」

「うん。咲馬には、いつも助けてもらってるから」

　それを聞いた咲馬さんは、「汐《うしお》～」とわざとらしい涙声でお兄ちゃんのことを呼んだ。

「おれ、いい友達を持ったよ」

「大げさだなぁ」

意外と冷静だ。今までずっと咲馬さんにべったりだったから、もっと落ち込んだり怒ったりするかと思っていた。二人が違う部活に入ったら、たぶん一緒にいられる時間は減るだろうけどそれでもいいのかな――と心配していたら。

「ぼくもテニス部に入るよ」

「え?」

咲馬さんは意表を突かれたように目を見開く。

「ぼくも新しいことにチャレンジしようと思ってさ。それに、ただ走るだけなら、別に陸上部に入らなくてもいいからね」

「いや、それは……」

口ごもる咲馬さん。なんとなく、言いたいことは分かる。

「……ダメだろ。汐はテニス部に入ったら」

「ええ!　どうして……?」

「だって、汐は陸上部に入りたかったんだろ?　なら陸上をやるべきだよ。約束を破ったのはごめんだけどさ……でも、そこまでおれに合わせなくていいよ」

私も咲馬さんに同感だ。

「でも、それだと……」

お兄ちゃんの視線が不安げに揺れる。

やっぱり、お兄ちゃんは変わらない。何をやりたいかよりも、咲馬《さくま》さんと同じ部活に入ることのほうが大事なのだ。でもその思いは、咲馬さんには伝わらない。

「大丈夫！　おれがいなくても汐《うしお》なら陸上部で上手《うま》くやっていけるって。だっておれに勝ったんだぜ？　もっと自信持て！」

ああ、違うのになぁ――と思いながら、横目でお兄ちゃんのほうを窺《うかが》うと、やっぱりなんともいえない表情をしていた。

「……それもそうだね。じゃあ、陸上部にしとくよ」

咲馬さんと同じにするのは諦《あきら》めたみたいだ。それがいい。本当のことを言っても咲馬さんを困らせるだけだろうし、何より恥ずかしい。

顔色の晴れないお兄ちゃんに、咲馬さんは「心配すんなって」と声をかけた。

「違う部活になっても、おれたちが親友なのは変わんないんだ。休みの日とか、なんなら部活が終わってからも遊ぼう」

「うん……！」

あ、ちょっと元気を取り戻した。咲馬さんのことになると分かりやすい。ちょろすぎるような気もするけど、結果的にはこれでいい。

「じゃ、あれやるか」

咲馬さんは立ち上がると、軽く右手を挙げて握り拳を作った。お兄ちゃんも立ち上がる。「あれ」が何かを察して、顔を綻《ほころ》ばせている。

こつん、と二人は拳を突き合わせた。

最近、二人がそれをしているところをよく見る。最初に始めたのは咲馬さんだ。言い出しっぺなだけに咲馬さんは気に入っているみたいだけど、お兄ちゃんは毎回動きがぎこちなかった。

「なんか、慣れないね、これ」

「別のも試してみるか？」

そう言って、咲馬さんはお兄ちゃんに〝別の〟のレクチャーを始める。

手の平を二回、上からと下からとでタッチして、腕をぶつけ合い、最後に手の甲を軽く合わせる……サッカーの中継で海外選手がやっているのを真似《まね》しているらしかった。ずいぶん複雑だ。お兄ちゃんは覚えるのに苦戦していた。

その姿を見て、咲馬さんは平然と、

「汐って、女子みたいな手ぇしてるな」

などと言った。

おそらく咲馬さんは、思ったことをただ口にしただけだ。だけど私はその言葉にあまりいい印象を抱かなかった。男子が同じ男子に向けて使う「女子みたいな」という形容詞は、私が耳にするとき、大抵見下しや嘲笑《ちょうしょう》のニュアンスがあった。咲馬さんに悪意はないだろうけど、お兄ちゃんが不快に感じたんじゃないかと思って、少し反応を窺ってみた。

お兄ちゃんは、頭から湯気が出そうなくらい赤面していた。わずかに唇《くちびる》を噛《か》んで、俯《うつむ》きがちになっている。ああ、やっぱり気に障ったんだ——と、私はそう解釈した。

「もう、ダメだよそんなこと言っちゃ。お兄ちゃんに謝って」

「や、綺麗《きれい》だって言いたかったんだけど……」

「いいから！」

語気を強めて言うと、咲馬《さくま》さんはたじろいで、お兄ちゃんに向き直った。

「ご、ごめん。悪かったよ」

お兄ちゃんは、はっと顔を上げた。さっき正気に返ったように、目をぱちくりさせる。

「え、あ、いいよ、全然。気にしてないから……」

ひどく落ち着かない様子だった。一瞬、言われたことがよほどショックだったのかと思ったけど、口の端に笑《え》みが滲《にじ》んでいた。まるで喜びを噛み殺すみたいに。

——怒ってるんじゃないの？

困惑する私を置いて、二人はまた新しいハイタッチを試していた。

その翌日、以前から決めていたように、私の家で軽いリフォームが行われた。今まで相部屋だった私とお兄ちゃんの部屋を、仕切りを設けて二分したのだ。

仕切りといっても、わずかな隙間《すきま》もなければ自由に動かすこともできないので、ほとんど壁みたいなものだ。自分だけの空間ができて嬉《うれ》しい半面、部屋の狭さに息が詰まった。そのせいで、夜になってもなかなか眠れなかった。

布団から顔を出して目覚まし時計を見てみると、午前一時だった。いつもならとっくに寝ている時間だ。眠たくなるまで漫画でも読もうかと起き上がったら、仕切りの向こうから物音が聞こえた。私は仕切りに近づいて、声をかけてみる。

「お兄ちゃん、起きてる？」

一呼吸置いて、「どうしたの？」と返事が来た。やっぱりまだ起きていた。

「眠れないの。なんか、慣れなくて……」

「ああ、ぼくも。おかしいよね、仕切りができたこと以外、何も変わってないのに……」

ふふ、とお兄ちゃんは笑う。

「そっちに行ってもいい？」

「うん、いいよ」

私は一度、廊下に出て、反対側にあるドアからお兄ちゃんの部屋に入った。

お兄ちゃんはキャスター付きの椅子《いす》に座っていた。とりあえず私はベッドに腰を下ろして、辺りをきょろきょろする。お兄ちゃんの言っていたとおり、部屋の中は勉強机とベッドの位置が少し変わったくらいで、仕切りができる前とほとんど変わらない。勉強机の上には、ノートが広げてあった。

「勉強してたの？」

「うん。そのうち眠たくなるかなーって思ってね。でも、あんまり効果なかったな」

お兄ちゃんはノートを閉じた。そのとき、勉強机の棚に豪華な装丁の教科書が差し込んであることに気づいた。いや、教科書じゃない。

「それ、卒業アルバム？」

「ん？　ああ、そうだよ。見たい？」

「見たい！」

お兄ちゃんは棚からアルバムを引き抜いて、私に渡した。表紙がツヤツヤしていて、ずっしりしている。ページを捲《めく》ってみると、最初のほうは生徒たちの写真が並んでいた。クラス別の集合写真。一人ひとりの顔写真。そして行事のときに撮られた、思い出の写真。

「あ、修学旅行の写真だ。お兄ちゃん、このとき風邪引いたんだよね」

「ん……そうだね」

お兄ちゃんが五年生のときだ。修学旅行は三泊四日の予定だったのに、お兄ちゃんは風邪を引いてしまって二日目に帰ってきた。一日目の夜にはもう体調を崩していたらしい。

「もったいないなぁ。せっかくの旅行なのに」

「一日だけでも十分楽しめたよ。バスで咲馬《さくま》と隣になれたし」

「ああそう……」

私はさらにページを捲る。すると運動会のときの写真があった。その中で、お兄ちゃんが写っているものを見つける。

「ねえ、お兄ちゃん写ってるよ」

「リレーの写真でしょ？　あのとき、一番手だった咲馬が転んじゃったんだよね」

「そうそう。それで、アンカーのお兄ちゃんが逆転で一位になって。すごかったよねえ。私のクラスでも、ちょっと話題になったんだよ。操《みさお》の兄ちゃんすごいな、って」

「あはは……なんだか照れるな」

私にとってもいい思い出だった。普段あまり話さないクラスメイトからもお兄ちゃんのことを褒められて、妹として鼻が高かった。

「あ、こっちにも写ってる。音楽会のときのだ。お兄ちゃん、リコーダー吹いてる」

「五年生のときに撮られたやつだね。隣に咲馬がいるでしょ？　咲馬ったら最初のほうで盛大に間違えてさ。ちょっと笑いそうになっちゃったんだよね」

また、咲馬さん。お兄ちゃんの小学校の思い出のなかには、いつだって咲馬さんがいる。というか、咲馬さん以外の友達の名前は、ほとんど聞かない。別に嫉妬《しっと》はしないけど、少し呆《あき》れてしまう。

「お兄ちゃん、ほんと咲馬くんのこと好きだね」

「な」

お兄ちゃんはびっくりしたように目を丸くすると、顔にどことない怒りを灯《とも》した。

「好きとか、別にそういうんじゃないよ。何言ってるの?」

「え? ご、ごめん……」

窘《たしな》めるような口調に、つい謝ってしまう。

お兄ちゃんは椅子《いす》から立ち上がると、私から卒業アルバムをひょいと取り上げた。

「もう寝よう。小学生がこんな時間まで起きてちゃダメだ」

「お兄ちゃんだって小学生じゃん」

「ぼくはもう卒業してるから違うの! ほら、自分の部屋に戻って」

半ば無理やり、部屋から追い出された。

私は自分の部屋に戻って、ベッドに寝転がる。どうしてお兄ちゃんは怒っていたんだろう。

いまいち原因が分からない。たぶん、「咲馬《さくま》くんのこと好きだね」という発言がよくなかったのだと思うのだけど、一体、何が気に障ったのか……。

……あ、そうか。

少し考えて、理解した。

きっとお兄ちゃんは、恋愛的な好きだと勘違いしたのだ。お兄ちゃんは咲馬さんを友達として好きなのであって、恋人にしたいわけではない。私の言い方がよくなかった。

好き、という言葉の扱いには気をつけなければならない。小学校において誰かが誰かを好きと表明することは、ものすごくセンセーショナルな言動だ。噂《うわさ》されて、勝手に応援されたり、誰かの反感を買ったりしてしまう。だから、言うときは慎重になる必要がある。

理由が分かったらすっきりした。反省しないと。

ただ……それにしても、お兄ちゃんの反応は過剰だと思う。だって、冷静に考えれば分かることだ。男の子が男の子を好きになることなんて、普通ないのに。


晴れてお兄ちゃんは中学生となった。

陸上部に入ったお兄ちゃんは、めきめきと頭角を現していった。入部した頃《ころ》からすでに一部のレギュラー選手よりもタイムがよくて、出られる大会にはすべて出してもらったらしい。そして、いずれの大会でも優秀な結果を残した。

元より目立つ容姿をしているからか、あるいはここが田舎の小さな町だからか、お兄ちゃんの活躍は私の小学校でも話題に上がるほど、大きな反響を呼んだ。

「なんか、遠い人になっちゃったよなあ」

咲馬さんがそうぼやいた。

小学生の頃に比べると頻度は減ったけど、中学一年生になった今でも、咲馬さんはよく家に来る。今は、お兄ちゃんの部屋で夏休みの宿題をやっている。冷房の効いた部屋の中、私は二人の勉強を邪魔しないよう、ベッドの上で漫画を読んでいた。

「そんなことないよ。ただ人よりちょっと速く走れるだけだし」

「県大会優勝は、ちょっとじゃ済まないだろ」

羨望《せんぼう》交じりに咲馬《さくま》さんが突っ込む。

お兄ちゃんが有名になった一番大きな理由は、七月に行われた県の総合体育大会だ。なんとお兄ちゃんは、一年生の一〇〇メートル走部門で優勝した。椿岡《つばきおか》中学で初の快挙だった。中学校の校舎に大きな横断幕が張られ、『槻ノ木汐《つきのきうしお》』の名前は町中に知れ渡った。

「謙遜《けんそん》なんかしないで、もっと威張り散らしていいんだぞ」

「しないよ、そんなこと。ぼくは走れたらそれでいいし……」

「欲がないなー。ま、らしいっちゃらしいけど」

「咲馬も陸上部に来たら?」

「ええ、おれが?」

咲馬さんは大げさに肩を竦《すく》めた。

「無理だよ。テニス部も一か月で辞めちゃったし」

「またそんなこと言って……」

「だって、本当のことだ」

自嘲《じちょう》気味に言う咲馬さんに、お兄ちゃんは渋面を作った。

咲馬さんは中学生になってから、少し卑屈になった。落ち着きを得た、という捉《とら》え方もできなくはないけど、お兄ちゃんにとっては好ましくない変化だったようだ。新しい環境が咲馬さんを変えさせたのか、それともお兄ちゃんと自分を比べてしまったのか……。

微妙な空気を察したのか、咲馬さんは話題を変えるように「それより！」と声を張った。

「二人に見せたいものがあるんだ」

二人……私も入っているみたいだ。

私はさっきまで読んでいた漫画を閉じてそちらに目をやる。咲馬さんはバッグから取り出したノートを、テーブルの上に広げた。そこには拙《つたな》い絵で漫画が描かれていた。

「これ……咲馬くんが描《か》いたの？」

「そう！」

咲馬さんは自信満々に言う。

「おれさ、気づいたんだよ。スポーツはあんまりだけど、もしかしたら絵の才能があるんじゃないかってさ。診断テスト？　みたいなの受けても、大体芸術家タイプになるし」

卑屈になった、という印象は撤回したほうがいいかもしれない。どこからそんな自信が湧《わ》いてくるのか不思議だった。こういうところは、小学生の頃《ころ》から変わらない。

とりあえず、咲馬さんの描いた漫画を読んでみる。ギャグテイストの四コマ漫画だ。正直、絵はかなり下手《へた》くそだと思ったけど、四コマの中でも起承転結があって、意外と面白い。

私は「へえ」と感心した。

「面白いね」

「だろ？　自信作なんだ」

「まぁ、笑えるほどではないけど」

「上げて落としてくるな……汐《うしお》はどう思う？」

お兄ちゃんは、やけに真剣に読んでいた。感想を求められて顔を上げる。

「すごいね、ちゃんと漫画になってる」

「お？　才能感じた？」

「そこまでは分かんないけど……でも、咲馬《さくま》が漫画家を目指すなら応援はするよ」

「ま、漫画家〜？　いや、そこまで本気じゃないけど」

と言いつつも、まんざらではなさそうだ。照れながらぽりぽりと頭をかく。

「……まぁ、汐が読みたいなら、続きを描《か》いてみてもいいかも？」

「ほんと？　じゃあ、また読ませてよ」

「ったく、しゃーないな」

調子に乗りやすい人だ。でもそれ以上に、お兄ちゃんが優しい。咲馬さんのプライドを傷つけないようにしている。これだけ配慮ができるなら、どんどん有名になっていくお兄ちゃんのそばにいても、咲馬さんは劣等感に苛《さいな》まれず済むんじゃないだろうか——と思っていたけど。

その翌週。

「ぼくも描いてみたよ」

「え？」

咲馬さんが『続き』を描いて槻ノ木《つきのき》家に持ってきた日、なんとお兄ちゃんも漫画を描いてきた。さすがの私も驚いた。部活で忙しいだろうに、そんなことをしている暇があるのか。

しかも、お兄ちゃんの絵はかなり上手《うま》かった。

咲馬さんの漫画が、落書きだと思えるくらいに。

「……これ、いつ描いたんだ？」

咲馬さんは戦々恐々としている。それに対してお兄ちゃんは、少し恥ずかしそうに答えた。

「前に咲馬が漫画を読ませてくれた日から、ちょっとずつ進めてたんだ。なんだか真似《まね》してみたくて……。初めて描いてみたけど、難しいね」

「へえー……」

咲馬さんは気の抜けた相槌《あいづち》を打ちながら、ページを捲《めく》る。私も横から眺めていた。

お兄ちゃんの描いた漫画は、男の子が散歩をするだけの漫画だった。道すがらあるものや、すれ違う人たちに対して思ったことを、淡々と述べている。エッセイ漫画に近いかもしれない。ほんの五ページほどの長さだけど、妙な面白みがあった。

「どうだった？」

読み終わると、お兄ちゃんが咲馬さんに感想を訊《き》いた。

「え？　あ、うん。面白かったし……絵が上手《うま》いなと思ったよ」

「ほんと？　よかった。部活で忙しくて急いで描《か》いたから、あんまり自信なかったんだ」

咲馬《さくま》さんの顔が曇っていく。

お兄ちゃんはそのことに気づいていないのか、無邪気な笑顔を咲馬さんに向けた。

「咲馬の描いた漫画も見せてよ」

「……」

残酷なことをするな、と思ってしまった。

どう見ても、咲馬さんが自信満々に見せてきた漫画よりも、お兄ちゃんが急いで描いた漫画のほうが質が高い。でも、きっとお兄ちゃんはそのことに無自覚だ。単に咲馬さんと話を合わせたいだけで、そもそも漫画の出来なんかまったく気にしていないのだろう。

お兄ちゃんは、ずっと咲馬さんに憧《あこが》れている。明るくて、友達が多くて、いろんな遊びを知っている、咲馬さんに。いくらお兄ちゃんが大きな大会で優勝して、この町で有名人になっても、お兄ちゃんにとって咲馬さんが憧れの存在であることに変わりはないのだ。だから、自分の行為が咲馬さんに劣等感を持たせるなんて、思っちゃいない。

「あー、えっと……」

咲馬さんは反応に困っている。

お兄ちゃんに本当のことを教えたほうがいいのだろうか。でもそんなことをしても余計咲馬さんを惨《みじ》めにさせそうだし、どう説明すればいいのかもよく分からない。

私が悩んでいると、咲馬さんはごかますように笑った。

「悪い、実はまだ途中でさ。また完成したら見せるよ」

「あ、そうなんだ。じゃあ楽しみにしとくね」

にこりと微笑《ほほえ》むお兄ちゃんに、咲馬さんはどこか達観したような表情を見せた。

「……汐《うしお》は、本当にすごいな」

「え、いきなり何？」

「なんでもない。それより、宿題の続きやろうぜ」

咲馬さんはテーブルに教科書やらプリントやらを広げていく。いつもは馴れ馴れしいくらい距離を詰めてくる咲馬さんが、今は妙によそよそしかった。

「宿題、ぼくもう終わったよ」

「マジかよ、早いな……じゃあ、分からないとこあるから教えて」

「うん、いいよ」

学力も、運動神経も、おそらく人望も……今ではお兄ちゃんが、咲馬さんを上回っている。お兄ちゃんの成長自体は喜ぶべきことだ。でも、少しだけ咲馬さんに同情した。

それから咲馬さんが漫画の続きを見せてくれたことは、一度もなかった。やっぱり、漫画の出来が――いや、それ以前に才能の違いみたいなものを見せつけられたのが、よほど効いたのだと思う。それが原因なのかどうかは定かでないけど、咲馬《さくま》さんが槻ノ木《つきのき》家に足を運ぶ回数は徐々に減っていった。

咲馬さんと遊ばなくなるにつれて、お兄ちゃんは元気をなくしていった。

いつだったか、家の固定電話の前で肩を落とすお兄ちゃんの姿を見たことがある。

「咲馬、最近忙しいみたいだ……」

話を聞いてみると、どうやら咲馬さんを遊びに誘って、断られたみたいだった。

お兄ちゃんの誘いを断るなんて！　とそのときは憤ったものの、心のどこかで納得している自分がいた。たぶん、咲馬さんはお兄ちゃんといるのが辛《つら》くなってしまったのだ。何をやるにしても自分と比べてしまって、嫉妬《しっと》してしまうから。咲馬さんは、家族を亡くして塞《ふさ》ぎ込んでいるお兄ちゃんに手を差し伸べることはできても、お兄ちゃんのそばにいることで生まれる劣等感には耐えられなかった。

……まぁ、すべては推測でしかないけど。

私が知らないだけで、事情はもっと複雑なんだろう。間違いないのは、お兄ちゃんと咲馬さんの心の距離は、どんどん離れていっていることだ。かつて一等星みたいに輝いて見えた二人の友情は、一体なんだったんだろう。

お兄ちゃんの落ち込んだ姿を見るのは辛かったし、できるなら咲馬さんの代わりになりたかった。だけどお兄ちゃんはそれを望んでいなかった。どころか私に対して、よそよそしい態度を取るようになった。

たしかあれは、お兄ちゃんが中学二年生になって間もない頃《ころ》だ。

夜、そろそろ寝ようとした矢先に、隣の部屋から咳払《せきばら》いが聞こえた。一度や二度ではなく、何度もだ。まるで喉《のど》に刺さった小骨を、咳《せき》だけで取り除こうとしているみたいだった。眠れないほどうるさいわけではなかったけど、様子が気になって、私はお兄ちゃんの部屋を訪れた。

「お兄ちゃん、大丈夫？」

「操《みさお》……」

お兄ちゃんはベッドに座り込んで、自分の喉を押さえていた。ひどく狼狽《ろうばい》している様子で、助けを求めるような視線をこちらに向けてくる。ただ事じゃない、と緊張で身が固くなった。

「ど、どうしたの？　お父さん呼ぶ？」

「声が……」

「声？」

「高い声が、出ないんだ」

一瞬、何を言っているのか理解できなかった。

高い声が出ない？　それって、そんなに深刻な問題なんだろうか。

「えっと……痛いとか苦しいとかじゃなくて？」

「そういうんじゃないよ」

なぜか怒ったように否定された。本当に高い声が出ないだけらしい。安心しつつも、そんなことか、と呆《あき》れる自分がいた。

「喉《のど》、嗄《か》れてるんじゃない？　大声出したとか？」

「いや……たぶん、変声期だと思う」

変声期。保健の授業で習った。ようするに声変わりだ。言われてみれば、お兄ちゃんの声は前よりも少し低くなっている……気がした。ずっと一緒にいるので分からなかった。

「音楽のテストでもあるの？」

「いや、ないけど」

「じゃあ、高い声が出なくても別にいいんじゃない？　気にしなくても大丈夫だよ」

私なりに励ましたつもりだった。本当は、「病気でもないんだからそんなに慌てるようなことじゃないでしょう」くらい言いたかったけど、一応、気を使った。

だけどお兄ちゃんは、落胆したような顔をした。「もう寝るよ」とお礼もなく話を打ち切って、不貞寝《ふてね》するように、ごろんとベッドに寝転ぶ。

お兄ちゃんらしくない素っ気なさだった。

「ほんとに大丈夫？」

「うん」

「……やっぱり、どこか痛かったりしない？」

「もう寝るから、電気消しといて」

話を続ける気がないようなので、私は言われたとおり電気を消して、部屋から出て行った。

自室に戻ると、軽い怒りが湧《わ》いてきた。人が心配してあげているのに、なんだあの態度。

……まぁでも、今は咲馬《さくま》さんに避けられて、いろいろと不安定になっているのかもしれない。今回は大目に見てやろう。そう自分に言い聞かせて、なんとか溜飲《りゅういん》を下げた。

【六年前】

お通夜のことは、あまり覚えていない。こうするんだよ、とお父さんに教えてもらったお焼香のやり方も、もうとっくに忘れてしまった。

読経が始まるまで、私はお兄ちゃんと手を繋《つな》いで斎場の端っこにいた。そこでお父さんが葬儀場の人とやり取りするのを、じっと眺めていた。お父さんは疲れ切った顔で、はい、はい、と最低限の言葉でお通夜を取り仕切っていた。

現実味がなかった。目の前の光景すべてが、巨大な画面を通して見ているようだった。そんななかで、お兄ちゃんと繋いだ手のぬくもりだけが、はっきりとしていた。今でも自分の手を握るだけで、お兄ちゃんの体温を思い出せる。

お母さんが二度と覚めない眠りについてから、もう二週間が経《た》つ。

そのあいだは、夜になるとずっと泣いていた。流した涙をすべて水槽に溜《た》めれば、イワシを一匹くらい飼えそうなくらい、泣いた。だけどお兄ちゃんが泣いているところは、ほとんど見なかった。それは決して悲しくなかったわけじゃなくて、単に私の前では泣かないようにしていただけだろう。現に、お兄ちゃんの目元はしょっちゅう腫《は》れていた。

お母さんが亡くなってから、私もお兄ちゃんも学校を休んでいた。何をするでもなく、ひたすら無為に時間を潰《つぶ》していた。私たちには、悲しみを癒《い》やすだけの時間が必要だった。

「……つまんないな」

今はリビングのソファに座って、お兄ちゃんと並んで火曜サスペンスの再放送を観《み》ていた。当時、小学三年生だった私には退屈な内容だった。他のチャンネルもそうだ。平日の昼間は、ろくな番組がない。

ふわあ、とあくびをすると、カレンダーが目についた。もう一〇月だった。それを自覚すると、急に憂鬱《ゆううつ》な気分になってきて、私はお兄ちゃんの肩にもたれかかる。

「音楽会の練習、もう始まってるのかな」

何気なく言うと、お兄ちゃんはテレビに視線を固定したまま「たぶんね」と答えた。

私はため息をつく。

「学校、そろそろ行ったほうがいいのかな……」

「操《みさお》はどうしたい？」

「……分かんない。でも、今は何もしたくない」

「そっか」

お兄ちゃんは退屈そうに続ける。

「ぼくと同じだね」

その一言に、私は救われたような気持ちになる。かけがえのない人を失った悲しみはなくならないけど、お兄ちゃんがそばにいてくれたら、まだ大丈夫だと思えた。だから私もお兄ちゃんを支える。兄妹は助け合うものだって、お母さんも言っていた。

そうだ、私にはお兄ちゃんがいる。兄妹一緒なら、きっとどんな悲しみだって乗り越えられる。だから……。

「ねえ、お兄ちゃん」

「ん？」

「お兄ちゃんは、どこにも行かないでね」

私がそう言うと、お兄ちゃんは私の頭にぽんと手を置いた。

「どこにも行かないよ」

そっと毛布をかけるような優しい言葉に、全身が安心感に包まれる。私はお兄ちゃんの言葉を噛《か》みしめながら、静かに目を瞑《つむ》った。

そのままうたた寝でも始めようかと思ったら、ピンポーン、と家のインターホンが鳴った。

私はぱちっと目を開けて、すぐさまお兄ちゃんの肩から頭を離す。お兄ちゃんに甘えているところを誰かに見られたわけでもないのに、妙な恥ずかしさがあった。

お兄ちゃんは立ち上がって、インターホンの画面を見た。

「……咲馬《さくま》だ」

またか、と思った。

先週から、咲馬さんは毎日のように家に来る。

「出るの？」

「そりゃあ、来てくれたし……」

ぽりぽりと頭をかきながら、お兄ちゃんは玄関に向かう。私はこっそりとあとをつけて、リビングのドアの隙間《すきま》から様子を窺《うかが》った。

お兄ちゃんが、玄関のドアを開く。

「よっ、汐《うしお》。調子はどうだ？」

「まぁ、普通かな……」

以前のお兄ちゃんなら、咲馬さんに会うと飼い主が帰ってきた子犬みたいに喜んでいた。でも、今はそうじゃない。むしろ気分は沈んでいる。たぶん、今はそっとしておいてほしいのだろう。咲馬さんは鈍感だから、それに気づいていないのだ。

「今日はお父さんじゃないんだな。汐《うしお》が出てくるとは思わなかった」

「うん……お父さん、今日からまた働き始めたから」

「そっか。まぁ、ずっと家にいるわけにもいかないよな」

だから汐も学校に来いよ、と暗に咲馬《さくま》さんは伝えている気がした。お兄ちゃんもそう受け取ったのか、少し言葉に詰まる。

「……プリント、持ってきたんだよね」

「ん？　ああ」

咲馬さんはランドセルを下ろして、中のクリアファイルから数枚のプリントを抜き出した。それを、お兄ちゃんに渡す。

「ありがとう」

「今日のプリントは社会のやつだ。今、授業で世界地図の見方を習っててさ。おれ、いっつも経線と緯線を逆に覚えちゃうんだよ。汐はどっちがどっちか分かるか？」

「縦が経線で、横が緯線でしょ」

「おっ、さすが。学校休んでるのに、おれより理解できてるのすげーよ。もしかして進研ゼミとかやってたりするのか？　あれについてくる漫画面白いよな。おれも一時期やってたんだけど、全然長続きしなくて」

「あの、咲馬」

話を断ち切るように、お兄ちゃんが咲馬さんの名前を呼ぶ。

「プリントを届けてくれるのはありがたいけど……別に、毎日じゃなくていいよ。咲馬だって、放課後にいちいちぼくん家《ち》に寄るの、面倒くさいでしょ」

「そんなことないよ。全然、大した距離じゃないし、走ったらすぐだ」

「でも、他の子と遊ぶ時間も減るだろうし……」

「いいって。ていうか、汐がいないとつまんないんだよ。顔くらい見させてくれ」

「……まぁ、好きにすればいいけど」

咲馬さんはにっこりと微笑《ほほえ》んだ。

お兄ちゃんは本当にそれでいいのかな……と思いながら眺めていたら、咲馬さんと目が合った。しまった、盗み見がバレた。

「操《みさお》ちゃん！　おーい、元気？」

私は慌てて隠れる。とてもじゃないけど、今は咲馬さんと会っても何も話せる気がしなかった。

「恥ずかしがらなくてもいいのに」

咲馬さんが言う。別に恥ずかしがってなんかいない。でも反論する気力もないので、私は姿を現さず、聞き耳を立てる程度にしておいた。

「そういや、汐ん家って地球儀あるか？」

「え？　いや、ないけど……」

「最近よく社会の授業で出てくるんだ。先生が持ってくるんだけど、実はおれん家にもあってさ。今度持ってくるよ、地球儀。勉強も兼ねて一緒に国当てビンゴしようぜ」

「う、うん……」

「それじゃあ、また明日な」

咲馬《さくま》さんが帰って、玄関は静かになった。

お兄ちゃんが戻ってくる。少し疲れたような顔をしていた。

ぼふん、とお兄ちゃんはソファに腰を下ろした。私もその隣に座る。

「はぁ……」

「ねえ、お兄ちゃん」

「うん？」

「国当てビンゴって何？」

「さあ、知らない……」

どうでもよさそうだ。今のお兄ちゃんにとって咲馬さんは、ただの邪魔者なのかもしれない。

「迷惑なら、迷惑ってはっきり言ったほうがいいよ」

「別に、迷惑とは思ってないよ、ただ、なんていうか……」

ううん、と唸《うな》りながら、言葉を探している。

「……申し訳ない」

「申し訳ない？」

「だって、無駄なことをさせてるから」

無駄。つまりお兄ちゃんは、どれだけ咲馬さんに説得されても、学校に行く気はないということだろうか。いまいちはっきりしなくて、私は首を傾げる。

「操《みさお》も同じだと思うけど……ぼくは、自分がどうすればいいのか分かってるつもりだよ。今すぐにでも立ち直って、学校に行けばいい。分かってるんだ、そんなことは。お父さんだって、それを望んでる。でも……」

お兄ちゃんは、がっくりとうなだれた。

「まだ、無理だ」

お兄ちゃんの気持ちは、痛いほど分かる。私だって同じだ。

「急がなくていいよ」

「……ありがとう」

私たち兄妹は同じ傷を抱《かか》えて、同じ空間にいて、同じ血が流れている。不謹慎かもしれないけど、私は今まで以上にお兄ちゃんとの絆を強く感じていた。それがこの深い悲しみのなかで、唯一の希望といってもよかった。

咲馬《さくま》さんは、その後も家にやってきた。

お兄ちゃんは咲馬さんを追い返すようなことはしなかったものの、歓迎もしなかった。私の反応も似たようなものだ。というかここ最近は何かを考えることすら億劫《おっくう》で、すべてお兄ちゃんに合わせていた。お兄ちゃんが咲馬さんに冷たくしたなら私も冷たくしたし、お兄ちゃんが黙ったら私も黙った。

いくら鈍感な咲馬さんでも、私たちに疎《うと》まれていることには気づいただろう。それでも訪問を続けた。どころか休日にまで来たり、部屋に上がり込んだりするようになった。

「……咲馬は、一体どうしたいの？」

お兄ちゃんはうんざりしたように言う。

今日の放課後も咲馬さんは家に来て、私たちの部屋で対戦ゲームを始めた。やけに張り切る咲馬さんと、渋々それに付き合うお兄ちゃんを、私はベッドにもたれかかって眺めていた。

三戦ほどしたあと、お兄ちゃんはコントローラーを置いて、今に至る。

「どうしたいって……メテオを決めたいとは思ってるけど」

「スマブラの話じゃないよ」

お兄ちゃんはゲームキューブの電源を切った。「ああ……」と咲馬さんは残念そうな声を出す。

「ぼくに学校に来てほしいの？　それとも、遊びたいだけ？」

「どっちもだよ。あと……汐《うしお》に元気になってほしいとも思ってるけど」

「出ないよ、元気なんて」

いつになく投げやりだった。ここ最近、お兄ちゃんは咲馬さんに対する冷たい態度を隠そうともしない。

「咲馬は家族を亡くしたことがないから、そんなことが言えるんだ」

「それは……」

咲馬さんは返答に困ったように目を伏せた。

どうあがいたって、咲馬さんは外の人だ。どれだけ私たちの家に足を運んで、私たちと仲よくなっても、家の事情には立ち入れない。お兄ちゃんにそこまで言われたら、咲馬さんは引き下がるしかないだろう……と思ったけど、咲馬さんは腹を決めたように、顔を上げた。

「たしかに、おれには分かんないよ。家族は……いるのが当たり前だと思ってるから。いなくなるなんて、全然想像できない」

でも、と咲馬さんは続ける。

「汐と操《みさお》ちゃんが苦しんでるのは分かるけど……このままじゃ、よくないよ」

「だから、なんで咲馬がそんなこと言えるのさ」

「だって、もう二か月だ。汐と操ちゃんが、学校を休み始めてから。そんなに長いあいだ家に引きこもってたら、身体《からだ》壊しちゃうって」

今度はお兄ちゃんが言葉に詰まった。痛いところを突かれたように目を細めて、唇《くちびる》を噛《か》む。

私も、苦々しい気持ちになった。たしかに、二か月は長い。私たちには引きこもるだけの十分な理由があるけど、咲馬《さくま》さんの言うとおりずっとこのままではよくないと思っている。

でも、そんな理屈で割り切れるなら、私たちはとっくに家を出ている。

「……余計なお世話だよ」

お兄ちゃんは咲馬さんから目を逸《そ》らして、吐き捨てるように言った。

「もうほっといてよ」

「いや、でもさ……」

「学校なんて、行きたくない」

そう言うと、お兄ちゃんは咲馬さんに背を向けて、それきり何も言わなくなった。

咲馬さんが助けを求めるようにこちらを見る。だけど私から言えることなんて何もなかった。お兄ちゃんが会話を拒むなら、やることは同じだ。

「……今日は、帰るよ」

諦《あきら》めたように言って、咲馬さんは私たちの部屋から出て行く。最後に見えた後ろ姿は、ずいぶんと寂しげだった。

咲馬さんの言っていたことは、たぶん正しい。でもお兄ちゃんが間違っているわけでもない。今はただ、時間が必要なのだ。咲馬さんだって、きっと分かってくれるはずだ。

その翌日、咲馬さんは家に来なかった。放課後の時間になってもインターホンが鳴ることはなくて、そのうち午後六時を回った。先にお父さんが帰ってきて、今、夕食の準備をしている。私たちの部屋まで、おいしそうな匂《にお》いが漂ってきていた。

「咲馬くん、今日は来なかったね」

「これでいいんだよ」

お兄ちゃんは勉強机に向かってプリントの問題を解いている。学校には行かないのに、宿題は律儀にこなしている。

「咲馬だって、暇じゃないんだ。だから、これでいい……」

とは言いつつも、お兄ちゃんの声は沈んでいた。たぶん、本当はよくないのだ。これでいい、と繰り返し言っているのは、自分を納得させようとしているからかもしれない。

私は知っている。いつも放課後の時間になると、お兄ちゃんがそわそわし始めることを。窓の外や時計を見る回数が、増えることを。

なんだかんだ、お兄ちゃんは咲馬さんに対して非情になりきれないところがある。だから「ほっといて」と咲馬さんに放った言葉は、たぶん、半分本当で半分嘘《うそ》だ。ここ最近、ほぼ丸一日お兄ちゃんと一緒にいるから、細かい感情の動きにも気づくようになった。

気難しいな、とは思うけど、私も人のことは言えない。

お兄ちゃんの背中をベッドに座って眺めていたら、階段から足音が聞こえた。

コンコン、とドアがノックされる。

「もうご飯?」

私が訊《き》くと、お父さんは「違うよ」と答えて、部屋に入ってきた。

「操《みさお》に手紙が届いてるよ」

「え、私に?」

「うん。これを渡したくて来たんだ。ご飯はあと一〇分くらい待っててね」

手紙を受け取ると、お父さんはまた一階に戻った。

私は差出人を見て、「あっ」と声が出る。

「ひめかちゃんからだ……!」

封を切ると、中から便せんが三枚出てきた。そこには、ひめかちゃんの丸っこい字で、手紙を出すのが遅くなったことの謝罪や、励ましの言葉、他にも近況なんかが書かれていた。

「ひめかちゃん……」

嬉《うれ》しくて、ちょっと泣きそうになる。

何度も手紙を読み返しているうちに、友達っていいものだな、とすごくありふれたことを思った。お兄ちゃんさえそばにいてくれたらそれでいいと考えていたけど、やっぱり、嬉しい。

友達……お兄ちゃんには、咲馬《さくま》さんがいる。

もし、咲馬さんがもう家に来なくなったら、お兄ちゃんはどう思うだろう。今よりもっと深い悲しみに囚《とら》われてしまわないだろうか。そう考えると、少し不安になった。

——というのはただの思い過ごしで、次の日、咲馬さんは槻《つき》ノ木《き》家を訪れた。ちょっと拍子抜けする。心配して損した。だけど安心している自分もいて、咲馬さんの図太さみたいなものがありがたく感じられた。

「悪いな。昨日、ちょっと忙しくてさ」

「別にいいけど……」

お兄ちゃんが咲馬さんを連れて部屋に入ってくる。

お兄ちゃんはかなり気まずそうだった。一昨日の出来事を引きずっているみたいだ。それに対して咲馬さんは妙に堂々としている。いつもの平然とした感じとは、少し違った。

「実は、汐《うしお》と操ちゃんに言いたいことがあって来たんだ」

「私にも……？」

珍しい。いつもはお兄ちゃんのついでみたいな扱いだったのに。

思いのほか、咲馬さんは真剣な様子だった。いつもは話半分に聞き流すお兄ちゃんも、やや困惑気味に畏《かしこ》まる。私たち三人はカーペットに座って向かい合った。

ふと、嫌《いや》な予感がした。もし「学校に行かなきゃダメだ」みたいなことを言われたらどうしよう。今から始まるのが、お説教だとしたら。いい方向に話が進む気がまったくしない。

ドキドキしながら身構えていたら、咲馬《さくま》さんは思いもよらないことを言い出した。

「学校って、別に行かなくてもいいらしい！」

はっきりと、咲馬さんはそう言った。

私とお兄ちゃんは呆気《あっけ》に取られる。だけど咲馬さんは気にせず続けた。

「ちょっと調べてみたんだ。そしたら、小学校って義務教育だから登校しなくても卒業できるみたいでさ。おれ、知らなかったんだよな。まぁ学校行かないと授業についていけなくなるって問題もあるけど、汐《うしお》なら大丈夫だろ。操《みさお》ちゃんも、分からないところがあったら汐に教えてもらえばいいし。だからさ」

咲馬さんは安心させるように笑う。

「無理して学校に来なくていいぞ！」

私はその言葉をどう受け取ればいいか分からなかった。

もしかして……仕返しなんだろうか。学校なんて行かない、と言ったお兄ちゃんに対する当てつけ。親切を装って、私たちを社会から弾《はじ》き出そうとしている、とか。そうじゃないなら、あまりに無邪気すぎるというか、ズレているというか……。

私はおそるおそる隣を見る。お兄ちゃんも、どう捉《とら》えていいか分からずにいるようだった。

「……それを調べてたから、昨日は来なかったの？」

まぁな、と咲馬さんは恥ずかしそうに笑って頭をかく。

「いろんな先生に聞いてみたんだ。心配されたり変な顔されたりしたけど……情報は正しいと思う！」

「……それ、本気で言ってる？」

お兄ちゃんは声のトーンを低くして問う。さすがの咲馬さんもたじろいだ。

「まぁ、できれば学校には来てほしいけど……無理強《じ》いするのもよくないなって思って。こういう道もあるって教えたかったんだ。……も、もしかして、なんかダメだった？」

不安そうに視線をさまよわせる咲馬さん。この様子だと、本当に善意で教えてくれたみたいだ。バカなんじゃないかと思った。

お兄ちゃんは難しそうな顔をして考える。ひたすら考える。一〇秒くらい悶々《もんもん》としたあと、いろいろな感情を吐き出すように、大きくため息をついた。

「……どうして？」

「え？」

お兄ちゃんの問いに、咲馬さんは戸惑う。

「どうして、そこまでしてぼくに構うの？」

「そりゃあ……友達だからだろ」

「友達なら、他にもたくさんいるでしょ？」

咲馬《さくま》さんは、心外なことを言われたみたいに顔をむっとさせた。

「汐《うしお》は、ただの友達じゃない」

少しだけ目を逸《そ》らして、続ける。

「親友、だと思ってるけど」

咲馬さんらしい実直な言い方に、お兄ちゃんは顔をむず痒《がゆ》そうにさせた。

無言の時間が流れる。

やがて耐えきれなくなったように、お兄ちゃんが口を開く。

「……まったくもう」

お兄ちゃんは、顔を綻《ほころ》ばせた。

それはお母さんが亡くなってから、初めて見せた笑顔だった。

「仕方ないな、咲馬は」

ぱぁ、と咲馬さんの顔が輝く。

ぴりぴりした空気が一転して柔らかくなった。部屋が明るくなったような気さえした。人と人が通じ合う瞬間というものを、これほどはっきりとした形で見るのは初めてだった。

ここは感動するべきところなのかもしれないけど、私はなんだか仲間はずれにされたような気持ちになってしまった。友情がなんだ、どうせ兄妹の絆には敵《かな》わない……なんて、場違いに咲馬さんをライバル視してしまう。でもここで水を差すほど空気が読めない人間じゃない。

今はただ、二人のことを温かい目で見守るようにした。

それから一週間後、お兄ちゃんは登校を始めた。

私もつられるように、家を出た。


【七年前】


薬品の匂《にお》いがする廊下を、お兄ちゃんと歩く。私たちが目指す三〇一四室は、廊下の突き当たりにある。

スライド式のドアを開けると、奥のベッドにお母さんの姿があった。白いパジャマを着て、本を読んでいる。窓から差し込む陽《ひ》の光が、お母さんの銀色の髪をキラキラと輝かせていた。その姿はまるで異国のお姫様のようで、私はお見舞いに来たことも忘れて、目を奪われた。だけどそれもほんの一瞬のことで、お母さんに会えた嬉《うれ》しさが、ぶわっと全身に広がる。

「お母さん！」

病院だから静かにね、とお兄ちゃんに言われていたにもかかわらず、つい大きな声が出てしまう。

お母さんは本から顔を上げると「あら～！　みさちゃん！」と私と同じくらい大きな声で、

出迎えてくれた。

「よく来たねえ。それに、汐《うしお》も」

うん、とお兄ちゃんが返事をすると、持っていたランチバッグをテーブルに置いた。

「お母さんも操《みさお》も、あんまり大きな声を出すと怒られちゃうよ」

「は〜い」と私とお母さんは声を揃《そろ》える。顔を合わせて、注意されちゃったねえ、と笑《え》みを交わした。

私とお兄ちゃんはベッド脇《わき》に置かれた丸椅子《いす》に座った。

最初は「三日くらい病院にお泊まりするね」と言っていたお母さんだけど、入院生活が始まってからもう一か月が経《た》っていた。そのせいで、夏休みはあまりお母さんと一緒にいられなかった。小学二年生の私にとって、それはひどく寂しいことだった。

お母さんの体調は、あまりよくないらしい。かなり難しい病気で、一度、大きな手術をしている。それでも完全には治らなくて、入院生活を続けている。

私とお兄ちゃんは、毎日のように学校が終わるとこうしてお見舞いに来ていた。少し前まで、会うたびに「いつ退院するの？」と訊《き》いていたけど、その質問がお母さんを困らせていることに気づいてからは、言わなくなった。

「あれ、お父さんは？」

お母さんの疑問に、お兄ちゃんが答えた。

「今、お医者さんと話してるよ。だから先に行ってて、って言われたんだ」

「そっか。難しい話でもしてるのかなあ」

まるで他人事《ひとごと》だ。きっとお母さんの話なのに。

私は身を乗り出して、柔らかい布団に手をついた。

「お母さん、またどこか悪くなったの？」

「う～ん、そんなことないと思うんだけど、お医者さんが言うには悪いところがないわけではないというか……」

なんだかはっきりしないな、と思っていたら、「あ、そうだ」とお母さんはパンと手を合わせた。

「冷蔵庫にお菓子があるの。みんなで食べよ」

話を逸《そ》らされた気がするけど、お母さんを困らせたくなかったので、これ以上は訊かないことにした。

立ち上がろうとするお母さんを、お兄ちゃんが制止する。「それだったら……」と言って、テーブルに置いていたランチバッグから、タッパーを取り出した。丸椅子に戻ってくると、タッパーの蓋《ふた》を開けて、切り分けられたリンゴをお母さんに見せた。

「これ……家で剥《む》いてきたんだ」

「え～!?　汐、リンゴの皮剥けるようになったの？　すごいじゃない！」

「練習したんだ。あんまり綺麗《きれい》には剥《む》けてないけど……」

「いやいや十分すごいよ。私がリンゴを剥けるようになったのって、お父さんと結婚してからだもん。汐《うしお》は本当に器用だね」

普通だよ、と返すものの、お兄ちゃんの顔には隠しきれない嬉《うれ》しさが滲《にじ》んでいた。

最近、お兄ちゃんは料理を練習している。リンゴの皮剥きはその成果だ。家事のお手伝いに来てくれる叔母《おば》さんから、いろいろと教えてもらっているみたいだ。お母さんが退院したら、ご飯を作ってあげるんだ——とお兄ちゃんは誇らしげに語っていた。

「じゃあ、いただくね」

早速、お母さんはリンゴに手を伸ばす。一切れつまんで、口に運ぼうとしたら。

ぽろ、とリンゴがお母さんの指から滑り落ちた。

以前の私たちなら、それを笑って受け流すことができた。でも、今はそうじゃなかった。お母さんが患う病気の症状の一つに、手足が自由に動かなくなるというものがある。もしかしたら、お母さんの病気は前よりも悪化しているのかもしれない……そう考えると不安になって、何も言えなかった。お兄ちゃんも同じなのか、ただただ心配そうな顔で、固まっていた。

そんな私たちの緊張を知ってか知らずか、お母さんは軽い調子で笑った。

「ごめんごめん、落としちゃった」

お母さんは床に落ちたリンゴを鷲《わし》づかみにして、そのままぱくっと口に放り込んだ。

「うん、おいひい！」

お母さんの行動に、私とお兄ちゃんは呆気《あっけ》に取られる。だけどそれもつかの間で、すぐお兄ちゃんが口を開いた。

「ちゃんと洗わないと汚いよ」

「ひょっとくらいらいじょうぶ！」

「もう……お腹壊しても知らないよ？」

ごくん、とリンゴを飲み込んで、お母さんは笑う。

「壊すはずないよ。汐が剥いてくれたリンゴだもの」

「そんなの、関係ないよ……」

お兄ちゃんは、悲しいような嬉しいような、なんともいえない表情をしていた。

いつだってお兄ちゃんはお母さんの幸せを願っている。それは私も同じだけど、たぶん気持ちの強さではお兄ちゃんのほうが勝っていた。たぶん、私より二年分、お母さんといた時間が長いからだ。

「それより二人とも、学校のことを聞かせて。授業にはついていけてる？　新しい友達はできた？　給食はおいしい？」

興味津々に訊《き》いてくるお母さんに、私とお兄ちゃんは、一つずつ答えていった。

やがて病室にお父さんもやってきて、より話は弾《はず》んだ。

車の窓から見える空は、真っ赤な夕焼けに染まっていた。

病院でお母さんと別れると、私たちはお父さんが運転する車で帰路についた。大抵の大人はこのくらいの時間でお仕事が終わるんだよ、とお父さんが教えてくれた。

でも、お父さんはそうじゃない。

お父さんの仕事は、ちょっと複雑だ。いろんな人と商談をするために、いろんな国を飛び回っている。だから一年のほとんどは海外にいて、たまに一週間か二週間くらい、大きな休みを取って日本に帰ってくる。

ただそれも、以前までのことだ。お母さんが入院し始めてから、お父さんはずっと日本にいる。今は休職していて、お母さんが退院するまで日本にいるらしい。お父さんと一緒にいられるのは嬉《うれ》しいけど、お母さんには早く退院してほしかった。

私はルームミラー越しに、お父さんの顔を見る。その顔は、わずかに憂いを帯びていた。

お医者さんと何話してたの——と訊《き》く勇気はなかった。

お父さんが自分から言わないってことは、きっといい話ではないからだ。幼い私でも、それはなんとなく察していた。

「二人とも、今日の晩ご飯何食べたい?」

赤信号で車が止まると、お父さんが言った。

「叔母《おば》さんは用事があって家に来られないんだ。だから外食になるけど、どこでもいいよ」

よくあることだった。叔母さんも子供がいるので、ずっと家にいられるわけではない。以前は外食と聞けば喜んでいたけど、今はもうそれほどありがたみを感じなくなっていた。

「お兄ちゃん、どうする？」

「なんでもいいよ」

同じ後部座席に座るお兄ちゃんは、ぼんやりと流れる景色を眺めながら答えた。あまり乗り気じゃないみたいで、私の気持ちも萎《な》えてくる。

「私も、どこでもいい」

「そっか。じゃあ適当なファミレスにでもするかな」

うん、と私は相槌《あいづち》を打つ。

信号が青になって、車は緩やかに発進する。

「あ、それとね。お父さん、これからはずっと日本にいることになったんだ」

「え？」

今の発言には、お兄ちゃんも反応した。窓の外から運転席に視線を移すと、「お仕事は？」と訊いた。

「おじいちゃんの仕事を継ぐことにしたんだ。そろそろ海外を飛び回るのはやめて、日本でゆっくりしたいと思ってね」

お兄ちゃんは不安そうな顔をした。

「でも、お父さんっておじいちゃんと仲が悪いんじゃなかったの？」

「えっ。な、なんで知ってるの？」

「お母さんがそう言ってたから」

「ああ、そうか、お母さんが……」

お父さんは苦い顔をした。あまり触れてほしくないところだったみたいだ。

「……もう仲直りしたんだ。だから心配しなくていいよ。二人はいつもどおりの生活を送ってくれたらそれでいい。それとも、お父さんがずっと家にいるのは嫌《いや》？」

「嫌じゃないけど……」

もちろん、私だってそうだ。お父さんと一緒にいられることは嬉《うれ》しい。だけど、素直に喜べなかった。お父さんが日本に帰ってきたのは、お母さんが入院したからだ。ならお父さんがずっと日本にいるということは、つまり、もうお母さんが……。

最悪な想像が、胸からこみ上げた。

「お母さん、死んじゃったりしないよね……？」

「ばかっ」

お兄ちゃんの鋭い声が飛ぶ。

「急になんてこと言うんだ。そんなこと、あるわけないよ」

「ご、ごめん……」

私は俯《うつむ》く。お兄ちゃんに怒られるのは、本当に久しぶりだった。悲しみよりも、驚きのほうが大きい。でも、たしかに、あんなことは言わないほうがよかった。不安の種に水をやるような言葉だった。

「二人とも、大丈夫だよ。お母さんはとっても強い人だからね」

空気を和《なご》ませるように、穏やかな声音《こわね》でお父さんが言った。

「きっと、なんとかなるよ」

その言葉を、信じたかった。


「あ、そうだ」

何か思い出したように言って、お父さんは車をUターンさせた。来た道を戻っていって、私たちを乗せた車は病院の駐車場に入る。ファミレスに行くはずなのに、どうしてまた病院に？

「忘れ物？」

と私が訊《き》くと、お父さんは「違うよ」と答えた。

「お母さんも連れて行こう」

「え！　いいの？」

「ああ、ちょっとくらい大丈夫」

そう言ってお父さんは車を降りると、すぐにお母さんを連れてきた。お母さんの服装は白いパジャマのままで、なんと下は裸足《はだし》にスリッパだ。だけど本人は、そんなことまったく気にしていない様子だった。

「操《みさお》! また会えるなんて嬉《うれ》しい」

「病院から出てきちゃっていいの?」

「いいのいいの、ほら、そっち寄って」

私とお兄ちゃんが席を詰めると、お母さんは後ろの席に乗り込んできた。

ばたん、とドアがしまって、車が動きだす。

お母さんは見るからにうきうきしていた。

「四人で食べるの久しぶりだねえ。すっごく楽しみ。汐《うしお》もそう思わない?」

「うん。嬉しいよ」

お兄ちゃんもお母さんも笑顔だった。運転席にいるお父さんも、ニコニコしていた。

みんなやけに楽しそうで、私もつられて浮かれてくる。思えば家族四人でご飯を食べるのは久しぶりだ。細かいことは忘れて、ここは思いっきり楽しもう。

車は、病院を出てひたすらまっすぐに走り続けた。そのうち日が暮れて、夜になった。

椿岡《つばきおか》の端っこまで来たんじゃないか、と思ったところでようやく車は止まった。

着いたよ、とお父さんが言って、私は車から降りる。

そこは広大な駐車場だった。まるで遊園地を更地にしたような広さで、車は一台も停まっていない。敷地の真ん中には、ぽつんと小屋みたいな建物があるけど、明かりが点《つ》いていなくて、なんのお店かすら分からなかった。

薄ら寒くて、ひどく寂しい場所だった。なんだか嫌《いや》な感じがした。

「ここ、どこ?」

私は振り返る。

そこに、私たちが乗ってきた車はなかった。跡形もなく消えていた。元から何もなかったように、お兄ちゃんもお母さんもお父さんも、見当たらなかった。

「え?」

辺りを見渡す。だけど周りには、人っ子ひとりいない。

恐ろしく、静かだった。

——取り残された。

そう思うと、喉《のど》の奥が、きゅう、としまって、底知れない恐怖に襲われた。

泣き出しそうになった、その瞬間。

「うぁっ」

ベッドの上で目が覚めた。

淡いオレンジ色の常夜灯が、部屋を薄く照らしている。私の荒い呼吸と、カチコチと時を刻む針の音が、静寂を際立たせていた。

夢……だったみたいだ。

寒々しい夜の駐車場に、一人ぼっち……思い出すだけで顔から血の気が引いていく。背中が少し汗ばんで、冷たかった。

たぶん、今日はいろいろと嫌《いや》なことを考えてしまったから、あんな悪夢を見たのだろう。お母さんの病気が悪くなってるかもしれない——という不安が、頭の中で悪さをしたのだ。

まだ心臓がドキドキしている。夢だと分かっても、恐怖はなかなか消えてくれない。

ベッドのそばに置かれた時計は、午前零時を指していた。気が遠くなるほど朝が遠い。私は自分の枕《まくら》を抱いて、ベッドから這《は》い出た。光を目指すように、お兄ちゃんのベッドに近寄る。

「お兄ちゃん、お兄ちゃあん……」

ゆさゆさと布団を揺すると、お兄ちゃんの頭がのそりと動いた。

「うぅん……何……？」

「眠れない……」

お兄ちゃんは目を擦《こす》って、重そうな瞼《まぶた》を持ち上げた。私に向けられた瞳は、眠気でとろんとしている。

「怖い夢でも見た？」

悪夢にうなされてお兄ちゃんに添い寝を求めるのは、正直、かなり恥ずかしい。だけど見栄《みえ》を張る余裕もなくて、素直に認めた。

お兄ちゃんは、仕方ないな、といったふうに微笑《ほほえ》んで、布団を少し捲《めく》った。

「おいで」

私はお兄ちゃんのベッドに上がった。枕を抱いたまま、頭まですっぽりと布団を被《かぶ》る。お兄ちゃんの吐息の音が、高ぶった神経を撫《な》でつけていく。ここまで来ると際限なく甘えたくなって、自分の額《ひたい》をお兄ちゃんの胸板にぐりぐりと擦りつけた。

「眠れないよ……」

「えへへ、ごめんなさい」

ぐりぐりするのを止《や》めて、目を瞑《つむ》った。だけど恐怖と一緒に眠気も飛んでしまったようで、一向に寝付けない。私はいも虫のように身体《からだ》をくねらせて、布団から頭を出した。

すぐ目の前に、お兄ちゃんの寝顔がある。その長いまつ毛は、まるで誰かが丁寧に一本一本手入れをしているみたいに、美しく生えそろっている。私の視線を感じたのか、お兄ちゃんの瞼がゆっくりと開いた。

「まだ起きてるの？」

「目ぇ覚めちゃった。ねえ、何かお話しして」

「ええ、眠いよ……」

「どんなお話でもいいから。おねがい」

「もう……操《みさお》は甘えん坊だなぁ。分かったよ」

やった、と心の中でガッツポーズをする。私は目を瞑《つむ》って、耳に意識を集中させた。

「ぼくの学年に、すごく怖い先生がいるんだ。宿題を忘れたり、授業中にお喋《しゃべ》りしたりすると、大きな声で怒鳴るんだよ。だからどんな子でも、その先生の授業だけは真面目《まじめ》に受けるんだ」

「うん」

「その先生が、耳にタバコをかけて教室に入ってきたことがあったんだ。火も点《つ》いたままなんだよ。なのに先生は、いつもと同じように授業を始めてさ。みんなタバコのことに気づいてるだろうに、何も言わなかった。授業中のお喋りにはすごく厳しいし、放っておくとどうなるかっていう興味もあったんだと思う。何人かは、ニヤニヤしててさ」

「うん」

「なんかこう、誰も言うなよ、みたいな空気があったんだよ。でも、そのなかで咲馬《さくま》だけが、先生に言ったんだ」

咲馬。

お兄ちゃんの、一番仲のいい友達。

咲馬さんの話は食卓でもリビングでもしょっちゅう聞く。だから、またか、と思ったけど、せっかく付き合ってくれているので、ケチはつけずにおいた。

「先生、耳にタバコついてますよ……って。そしたら先生は、タバコに気づいてさ。それを捨てて、何もなかったみたいに、授業を続けたんだ。単に、忘れてるだけだったみたい」

「……うん」

「ぼくね、咲馬のこと、すごいな、って思ったんだよ。ただ一言、注意しただけなんだけどね。でも、ただ一言注意するだけのことを、咲馬以外、誰もしなかった。ぼくも、委員長も、いじめっ子も。咲馬だけだったんだ」

「……」

「単に空気が読めなかったのか、それとも、先生がタバコの火で怪我《けが》をしないよう心配したのか……たぶん、両方なんだろうね。咲馬はさ、鈍感で、優しいんだよ。この人と、もっと仲よくなれたらいいなって……ぼくは、そう思ったんだ」

「……お兄ちゃん、ほんと咲馬くんのこと好きだね」

少しだけ皮肉を込めて言った。つもりだったけど。

「うん。あんなふうになれたらなって思うよ。あれくらい正直に生きられたら、きっと楽しいだろうなって……でも、咲馬って言わなくていいことも言っちゃうから、よく怒られてるんだよね。そこはあんまり見習いたくないかも」

ふふ、とお兄ちゃんは笑う。

咲馬さんの話を聞くと嫉妬《しっと》してしまいそうになるので、私はもう寝ることにした。また布団に潜り込んで、身体《からだ》を丸める。するとお兄ちゃんは、「おやすみ」と言って、それきり静かになった。

私はお兄ちゃんのパジャマをぎゅっと掴《つか》んだ。咲馬《さくま》さんに取られてしまわないように。そして、さっき見た悪夢みたいに、突然どこかに行ってしまわないように。穏やかな寝息を聞きながら、眠りについた。


その日も、私たちはお母さんのお見舞いに来ていた。

窓から差し込む西日が、まるで光の水たまりみたいに、病室の床を照らしている。私とお兄ちゃんは、ベッド脇《わき》の丸椅子《いす》に座って、いつものようにお母さんと学校や友達の話をしていた。さっきまでそこにお父さんもいたけど、今は病院のコンビニまで買い出しに行っている。

「あーあ、そろそろ夏も終わっちゃうなあ」

窓の外を見て、お母さんは言った。

蒸し暑い日が続いていたけど、今週に入ってから涼しくなってきた。セミの鳴き声はもう聞こえず、代わりにコオロギや鈴虫が夜になると活気づくようになった。

「今年の夏はずっと引きこもってたから、身体がなまっちゃうね」

お母さんは上体だけでうーんと背伸びをする。

でもさ、とお兄ちゃんが言う。

「お祭りのとき、みんなで花火を見たよね」

八月の最初のほうだ。お母さんは病院から出られないから、家族揃《そろ》って病院の屋上から花火を眺めた。少し離れていたけど、あの心臓に響くような大きな音が苦手な私にとっては、ちょうどいい距離だった。

「また見たいね、花火」

と私が言うと、お兄ちゃんはうんうんと頷《うなず》いた。

「来年もみんなで見ようよ、病院の屋上でさ。人混み好きじゃないから、ぼくは屋上で見るほうが好きだな」

「あ、またお父さんにベビーカステラ買ってきてもらお」

「いいね。次はたこ焼きとかたい焼きもあるといいなあ。今のうちに言っとこうか？」

「えー、絶対お父さん来年まで覚えてられないよ」

「じゃあぼくたちで覚えておこう。忘れちゃダメだよ。操《みさお》も、お母さ――」

途中で、言葉が途絶えた。

どうしたんだろう、と思ってお兄ちゃんの視線を辿《たど》ってみて、私は目を見開く。お母さんが、ぽろぽろと涙を流していた。お母さんが――というか、大人がこうもはっきり泣いているところを見るのはテレビの中くらいだったので、心底びっくりした。

お兄ちゃんが狼狽《ろうばい》しながらお母さんに話しかけた。

「だ、大丈夫？　どこか痛いの……？」

「ううん、平気……」

お母さんは涙を袖《そで》で拭《ぬぐ》って、すん、と鼻をすすった。

「汐《うしお》、操《みさお》、ちょっとこっちに寄って」

私とお兄ちゃんは、おそるおそるベッドに近づく。すると、ぎゅう、とお母さんに抱きしめられた。あまりに突然のことで困惑する。一体どんな気持ちでお母さんがそうしたのか、なぜだか考えるのが少し怖かった。それに、お母さんの抱擁は、いつもよりずっと長かった。私はぬいぐるみのように大人しくして、黙ってお母さんの心臓の音を聞いていた。

「お母さん」

と、最初に声を出したのはお兄ちゃんだった。

「ぼく、もし花火が見られなくても我慢できるよ」

「そっか。強いね、汐は。男の子だもんね」

「……うん」

私たちを抱きしめる腕に、少し力が入る。

そしてお母さんは、ささやくように言った。

「――」

するりと腕が外れる。首回りがほんのり汗で湿って、病室の空気が少しだけ冷たく感じた。

お母さんは私とお兄ちゃんに微笑《ほほえ》みかけて、二人同時に頭を撫《な》でた。

がら、と病室のドアが開く。

お父さんが戻ってきた。

「ごめん、お待たせ。混んでて時間かかっちゃった」

お母さんは一瞬でいつもの明るい表情に戻って、お父さんにぶんぶんと手を振った。涙を流していたのが嘘《うそ》みたいな変わりようだった。

「おかえり～。いちごポッキーあった？」

「うん。他にもいろいろ買ってきたよ」

レジ袋をベッド脇《わき》のテーブルに置いて、中のものを取り出していく。お父さんは手を動かしながら「何話してたの？」とお母さんに訊《き》いた。

「この前見た花火が綺麗《きれい》だったね～って話だよ」

「ああ、屋上から見たやつね。たしかに綺麗だったなあ。写真でも撮っておけばよかったね」

「カメラで花火を撮るのって難しいよ？　ああいうのは目に焼き付けておくのが一番だよ」

「はは、いいこと言うね」

二人が仲よく話しているのを眺めながら、私はお母さんの言葉を思い出していた。私とお兄ちゃんを抱きしめながら言ったあの言葉は、耳を通じて全身に浸透して、魂にまで染み込むようだった。あれは、お兄ちゃんに向けられた言葉だ。だけど私にとっても決して無関係ではなく……兄妹の絆を、より強くするものだった。

『ずっと、操《みさお》の優しいお兄ちゃんでいてね』

その半年後、お母さんは息を引き取った。


【九年前】


「ぷはあっ」

塩素の匂《にお》いが鼻を抜ける。

小学校に進学すると同時に習い始めたスイミングスクールは、今日で三か月目を迎えた。

私はプールサイドに上がって、待機列に加わる。周りにいる子供たちはみんな私と同じ小学生だけど、一年生はたぶん私だけだ。水泳は楽しいけど、今のコースは年上だらけで同学年がいないのが、ちょっと心細かった。

蹴《け》伸びの練習をしているうちに、窓から見える空が赤く染まり始めた。

「はい、では今日はここまで。皆さん、よく頑張りました」

コーチが終了の号令をかけて、その日の練習は終わった。

ぺたぺたと足音を鳴らして、私は脱衣所に入る。ちょうど他のコースの生徒たちも練習が終わったところみたいで、中は人でごった返していた。

自分のロッカーの前で身体《からだ》を拭《ふ》いていると、「みーちゃん」と声をかけられた。

「あ、ひめかちゃん」

ひめかちゃんは身体に纏《まと》ったタオルの隙間《すきま》から、軽く手を挙げた。

幼稚園を卒園してから、ひめかちゃんとは別々の小学校に進学した。だけど偶然同じスイミングスクールに通うことになったので、今でもよく顔を合わせる。小学生になって環境が変わっても、ひめかちゃんは私の友達だった。

「ペンギンさんコースって、もう蹴《け》伸びやってるんだ。すごいなあ」

「簡単だよ。水の中で壁蹴るだけだし」

「私、まだクラゲ浮きもできない……やっぱ身体が重いからかな」

ひめかちゃんはため息をついて、自分のお腹をさすった。最近、少しふくよかになってきたひめかちゃんは、そのことを気にしているみたいだ。

「太ってるほうが浮きやすいらしいよ」

「え!? ふ、太ってないもん!」

「え？ でもさっき重いからって……」

「言ったけどぉ……んも～～～！ みーちゃんのばかっ」

ぷりぷりと怒りながら、ひめかちゃんは去って行った。

「それはみさちゃんがよくないね」

スイミングスクールの帰り道、お母さんが運転する車に揺られながら、私はさっきの出来事を話した。そして返ってきたのが今の言葉だ。

「でも、ひめかちゃんは自分で重いって言ってたんだよ。重いってことは、太ってるってことでしょ？」

「いや、そうでもないよ。たくさん運動したら、太らなくても筋肉がついて体重が増えることもあるからね」

「あ、そうなんだ。知らなかった」

ひめかちゃんに悪いこと言ったな……と反省しかけて、私は「ん？」と首を傾げる。

「でも、最近のひめかちゃん、ちょっと丸くなってきてる。やっぱり太ってるよ」

「こらこら。仮にそうだとしても、軽々しく人に太ってるなんて言っちゃダメ。みさちゃんが可愛《かわい》いと思ってても、本人はそれで悩んでるかもしれないんだから」

「えー、でも……」

「でもじゃありませ～ん。今度ひめかちゃんにごめんなさいしようね」

「……はぁい」

あまり納得できなかったけど、スイミングで疲れていたので、ここは仕方なく非を認めた。

後部座席のシートにもたれて、窓の外を見やる。道路の表面にゆらゆらと陽炎《かげろう》が漂っていた。もうじき夏休みだ。お父さんは盆休みに一度帰ってくるみたいだけど、日本には長居できないらしい。短い時間を大切に使おうと、前向きに考えるようにした。

スイミングスクールを出てから一〇分も経《た》たず家に到着する。激しい陽射《ひざ》しから逃れるように、私とお母さんは家に駆け込んだ。もう六時が近いのに、太陽はまだ燦々《さんさん》と輝いている。

冷房の効いたリビングに入ると、お兄ちゃんが洗濯物を畳んでいた。

「あ、おかえりなさい」

カーペットに正座して服を畳むお兄ちゃんの姿は、ずいぶんと大人びて見えた。小学三年生でこれなら、中学生になる頃《ころ》にはもう普通に働けるくらいしっかりしているんじゃないだろうか、なんてことを考える。

「わ、助かる。ありがとね、汐《うしお》」

「いいよ、暇だったし」

どうやらお願いされて洗濯物を畳んでいるわけではなく、率先してやっているようだ。さすがだなぁと感心しつつ、お兄ちゃんだけ褒められてずるいという幼い嫉妬《しっと》に駆られた。

「私も手伝う」

お兄ちゃんの隣に座り込んで、私も洗濯物を畳み始めた。服はまだ難しいので、タオルばかり手に取っていく。

「みさちゃんもやってくれるの？　お母さん幸せ者だわ～、二人ともありがとね」

「任せといて！」

お母さんは満足げに頷《うなず》いて、キッチンに向かった。夕食の準備でも始めるみたいだ。

私は手を動かしながら、お兄ちゃんに話しかけた。

「ねえ聞いて、さっきね——」

車の中でお母さんとした話を繰り返す。お兄ちゃんは苦笑しつつも、私の話にちゃんと耳を傾けてくれる。そのうえで、最後にはお母さんと同じことを言われた。ちょっとムッとしたけど、親身に聞いてくれたので、許した。

別の話題に移ろうとしたら、突然キッチンから「パリン！」と大きな音が聞こえた。

「わ！　やっちゃった」

お母さんが小さな悲鳴を上げた。何か落としたみたいだ。立ち上がって様子を見に行こうとすると、「こっちに来ないで」と止められた。

「ごめん、お皿割っちゃった。破片散らばってて危ないから、キッチン立ち入り禁止ね」

そう言って、お母さんは床の掃除を始める。チャリチャリと破片が転がる音を聞きながら、私は座った。

「びっくりしたね」

お母さんに聞こえないように小さな声で言った。

「うん……そうだね」

「ほんと、お母さんったらそそっかしいんだから」

ふふ、と笑う。だけどお兄ちゃんの顔色は冴《さ》えなかった。

「……お母さん、どこか悪いのかな」

「え？」

「最近、ずっと疲れてるみたい。よく物を落とすし、居眠りする時間も増えてる……」

よく物を落とすのは前からだけど、言われてみれば、最近は特に多い。たしか二週間ほど前にもコップを一個割っていた。あのときのお母さんは、何かの触り心地をたしかめるみたいに自分の手を開いたり閉じたりしていて、何をやってるんだろう、と不思議に思ったことを覚えている。

居眠りについても、言われてみればそうだった。最近は家に帰ると、大抵、お母さんは昼寝をしている。とりあえず起こすのだけど、二度寝を始めることも多かった。

「風邪、引いてるのかな？」

ささやかな推測を口にすると、お兄ちゃんは首を振った。

「でも、咳《せき》はしてないしなぁ。夏バテかな……」

心配そうにしている。不調の原因は分からないけど、お兄ちゃんが洗濯物を畳んでいる理由は分かった。きっとお母さんを気遣っているのだ。

やっぱりお兄ちゃんはすごい。私が気づかないところまで、しっかり見ている。きっと不在にしているお父さんの代わりに、お兄ちゃんが家の大黒柱を担おうとしているのだ――なんとなく、当時はそう思っていた。

「じゃあ、お兄ちゃんも元気にならないとね」

「え、ぼく？　ぼくは元気だよ」

「でも、まだプール入れないんでしょ？」

お兄ちゃんの表情が固まった。

「……どうして知ってるの？」

少し、低い声になった。言っちゃいけないことを言ったのかもしれないと思って、肩に力が入る。

「えっと、私の教室からプールが見えて……お兄ちゃん、体操服、着てたから」

一年三組の教室の窓からは、プールサイドを見下ろせる。それに私の席は窓際なので、休み時間じゃなくても他クラスの水泳の授業を見ることができた。

「もしかしてお兄ちゃん、泳げないの？」

「泳げるよ」

「じゃあ、どうしてプールに入らないの？」

お兄ちゃんの顔が曇った。眉《まゆ》が下がって、視線が泳ぐ。お兄ちゃんらしくない、頼りない表情だった。

「……プールに入ると、お腹痛くなるから」

「あ、そうだったんだ……」

お兄ちゃんはすくりと立ち上がった。

「あと、タオルだけだから。ぼく、部屋に行くよ」

「え、あ、うん」

お兄ちゃんはそそくさと行ってしまった。

変なの、と思いながら、私は残りの洗濯物に手を伸ばした。

間もなくして、一学期の終業式が訪れた。明日から小学生になって初の夏休みだ。まだ学校という環境に慣れきっていない状態で迎える夏休みは、それほど待ち望んでいたものでもなかったけれど、お母さんといられる時間が長くなるのは嬉《うれ》しかった。

「操《みさお》ちゃん、かーえろ」

通知簿についた二重丸の数をぼんやり数えていると、三つ編みの女の子がやってきた。いつも一緒に下校しているクラスメイトだ。私は通知簿やら連絡ノートやらをランドセルに押し込んで、立ち上がった。

だらだらと話しながら昇降口に向かっていると、他のクラスメイトも寄ってきた。学校を出る頃《ころ》には、一〇人くらい集まっていた。ちょっとした集団下校だ。よくあることだ。みんな、一人で下校するには、まだちょっと心許《こころもと》ないのだろう。

照りつける太陽に負けないくらい、はしゃぎながら下校する。明日から夏休みが始まるせいか、いつもより話が弾《はず》んだ。夏休みの予定だったり通知簿の結果だったりを、大きな声で報告し合った。

「わ、あれ見て。外国人？」

住宅街を歩いていると、一人の女の子が通りの先を指さした。そこにはランドセルを背負ったお兄ちゃんの後ろ姿があった。銀色の髪は遠くからでもよく目立つ。

「お兄ちゃんだ」

「え、操ちゃんの？」

頷《うなず》くと、思った以上に周りの子たちから驚かれた。歩きながら取り囲まれて、「どうして髪の色が違うの？」「お兄ちゃん何年生？」「もしかしてハーフとか？」などと次々に質問される。少しびっくりしたけど、まんざらでもなかった。お兄ちゃんが注目されるのは嬉しい。私はこれ見よがしに、お兄ちゃんがいかに素晴らしい人間であるかを自慢をする。

「でもさ」

私の後ろにいる男の子が言った。

「操《みさお》の兄ちゃん、友達いないんじゃない?」

聞き捨てならない言葉が聞こえて、私は立ち止まった。振り返って、お兄ちゃんをバカにした男の子を睨《にら》む。

「いるよ、友達くらい」

「でも、今一人じゃん」

「学校にはいるんだよ」

「ほんとに~?」

男の子はへらへらと笑う。どうしてそんな意地悪なことを言うんだろう。

「いるもん!」

私は腹が立って、男の子のすねを蹴《け》っ飛ばした。「いったぁ!」と悲鳴を上げて跳《と》び上がる男の子に背を向けて、走りだす。

「お兄ちゃん!」

走りながら呼ぶと、お兄ちゃんは驚いたようにこちらを振り返った。

「操?」

後ろからじゃ分からなかったけど、お兄ちゃんは両手であさがおのプランターを抱《かか》えていた。プラスチックの骨組みにつるが絡んで、みずみずしい葉っぱをつけている。

「一緒に帰ろ」

「う、うん。別にいいけど……」

お兄ちゃんは私の走ってきたほうを、ちらりと見た。

「お友達と一緒じゃなくていいの?」

「うん。お兄ちゃんと一緒がいい」

「そう……?　なら、いいけど」

いきなり私が来たからか、ちょっと戸惑っている。

ジジッ、と近くの電柱からセミが飛び立つ。住宅街の通りには、私が通う小学校の生徒だけでなく、制服姿の人もちらほら見られた。中学校も高校も、今日は終業式だったみたいだ。

黙々と歩きながら、横目でさりげなくお兄ちゃんを見た。細い顎《あご》に、汗が滴《したた》っている。両手が塞《ふさ》がっているせいで汗が拭《ぬぐ》えず、かなり不快そうな感じだ。襟元《えりもと》や脇《わき》、それに肩の部分にも、汗染みができていた。

「それ、重い?」

私はあさがおのプランターを見て言った。

「ううん、そんなに。でも、ちょっと腕が痛くなってきた」

お兄ちゃんは両手が塞がっているので、服の肩の部分で、顔の汗を拭った。

「私が持ったげる」

「操には重いよ」

大丈夫、と言い張って無理やりお兄ちゃんからプランターを奪い取った。思ったよりもずっしりしていて、持つところが指に食い込む。しかも、歩くたび葉っぱがさわさわと腕に触れて、かなり鬱陶《うっとう》しかった。

「次の電柱まででいいよ」

気を使われた。少し情けないけど、すぐに腕の限界が来そうだったので、私は言うとおりにする。電柱までの数メートルを一人で運んで、お兄ちゃんにプランターを返した。ほんの短い距離なのに、「助かったよ」とお礼を言われた。

こんな優しいお兄ちゃんに、友達がいないわけないいんだ——そう思って、私は言った。

「お兄ちゃんって、友達何人いるの？」

その瞬間、お兄ちゃんは「えっ」と言葉を詰まらせた。不意に背中を押されたような顔をして、歩くペースが一瞬乱れる。

逡巡《しゅんじゅん》するような間《ま》を空けてから、お兄ちゃんは自信なさげに口を開いた。

「五人くらい……？」

「どんな子がいるの？」

「ええと……」

視線をあちこちにさまよわせて、言葉を探している。

「……咲馬《さくま》くんって子がいるんだ。幼稚園から一緒だから、幼馴染《おさななじみ》ってことになるのかな。

今も同じクラスなんだけど……給食でぼくが苦手な梅干しが出てきたとき、食べてくれたんだ。優しくて明るい男の子だよ」

「へえ！」

私は来た道を戻って、お兄ちゃんをバカにした子に「ほらね」と言いたくなった。もしお兄ちゃんに友達がいなかったらどうしようかと思ったけれど、そんなのは杞憂《きゆう》に過ぎなかった。

「じゃあ、お兄ちゃんと咲馬くんは仲よしなんだね」

よかったよかった、と安心する一方で、お兄ちゃんの表情は硬かった。

「……仲よし、ってほどじゃないよ」

「え、そうなの？」

「うん……喋《しゃべ》ったのも、ほんの四、五回くらいだし……」

……それ、友達って言わないんじゃない？

とっさに、そう言いたくなった。でもそれは言っちゃいけないことのような気がして、私は口を噤《つぐ》んだ。それきりお兄ちゃんとの会話がなくなって、代わりにセミの声が沈黙を埋めた。

今日は、特に暑かった。真っ白に輝く太陽が眩《まぶ》しくて、顔を上げていられない。マンホールの蓋《ふた》を踏むと、靴底からジュッと音がしそうだった。

ふと、横目でお兄ちゃんを見る。頬《ほお》が熟れたトマトのように赤くなって、前髪は汗で濡《ぬ》れて束になっていた。さっきよりも、汗の量が増えている。暑いのが苦手なお兄ちゃんにとって、今日みたいな日は辛《つら》いだろう。見ていられなくなってきた。

「ねえ、交代ごうたいで持とうよ」

私はそう言って、またプランターを預かった。長くは保たないけど、少しでもお兄ちゃんの負担を減らしたかった。ふんすと鼻を鳴らして、腰をやや後ろに反《そ》らす。

お兄ちゃんの表情が、柔らかくなった。

「操《みさお》は優しいね」

「お兄ちゃんのほうがやさしいよ」

「そうかな」

「絶対にそうだよ」

自信満々に言い切る。するとお兄ちゃんは、ハンカチを取り出して、私のこめかみについた汗をさっと拭《ぬぐ》い取った。

「操がそばにいてくれて、嬉《うれ》しいよ」

喜びが、頭のてっぺんから足先にかけてぎゅんと突き抜けた。身体《からだ》に力がみなぎって、このまま家まで交代せずにプランターを運べそうな気さえした。

「ね、お兄ちゃん。今度その咲馬《さくま》くんに、一緒に遊ぼって言ってみたら？」

「ええ、無理だよ。これから夏休みなのに……」

「じゃあ、九月になってから」

「うーん……やっぱ無理だよ。咲馬くん、友達たくさんいるし……ぼくなんかが誘っても、断られる」

「そんなことないよ！」

弱気になっているお兄ちゃんに、私は大きな声で言ってあげる。

「だってお兄ちゃん、すっごく優しいもん。咲馬くんだってきっと仲よくしたいって思うよ」

「思うかなあ」

「思う思う！　絶対思う〜！」

言葉じゃ足りないので、足をばたばたして思いを伝える。そしたらお兄ちゃんは、私の動きが面白かったのか「あはは」と笑った。別に笑わせるために言ったんじゃないけど、お兄ちゃんの笑い声を聞けたのは嬉しかった。

「分かった分かった。じゃあ……今度、言ってみるよ」

「うん、そうして！」

言いたいことを言ったら、急に疲れた。腕に力が入らなくなって、プランターを落としそうになる。それをお兄ちゃんが、さっと支えた。

「持つよ。ありがとうね、操」

「えへへ、どういたしまして」

それからプランターを交代ごうたいで持ちながら、私とお兄ちゃんは時間をかけて家に帰った。お互い身体《からだ》は汗まみれになったけど、なんだか清々《すがすが》しかった。

夏休みが終わってから、何日か経《た》った。

がちゃり、と玄関から音がする。お兄ちゃんが学校から帰ってきたみたいだ。録画していたアニメを観《み》ていた私は、ソファから立ち上がってお兄ちゃんを迎えに行った。

廊下に出ると、玄関に立つお兄ちゃんが見えた。

「お兄ちゃん、おか――」

「おじゃましまーす！」

元気な声とともに、お兄ちゃんの後ろからひょこりと男の子が現れた。まるで雲に隠れていた太陽が顔を出したみたいな明るさに、私はびっくりして動きが止まる。

「ただいま、操《みさお》」

お兄ちゃんの挨拶《あいさつ》に、「おかえり……」と呟《つぶや》くような声でしか返せない。お兄ちゃんが連れてきた謎《なぞ》の男の子から目が離せなかった。

誰？　友達？　お兄ちゃんの？　疑問だらけだったけど、私は完全に人見知りをしてしまって、何も喋《しゃべ》れなかった。

「あら！　汐《うしお》のお友達？　こんにちは～」

リビングからお母さんがやってきた。

「こんにちは！　紙木咲馬《かみきさくま》って言います。お邪魔してまーす」

「まぁまぁご丁寧にどうも〜。さ、入って入って。お菓子、用意したげる」

「やった！　おばさんありがとう！」

お兄ちゃんはその男の子を連れて、自分の部屋がある二階に上がって行った。

咲馬……聞いたことのある名前だ。たしか、お兄ちゃんが友達だと言っていた人。あ、そうだ。思い出した。私が遊びに誘ってみるよう言ったんだった。

なるほど、あの人が……お兄ちゃんが気になるくらいだから、もっと上品で賢そうな人だと思っていた。ぱっと見た感じ、お兄ちゃんとは全然違うタイプだ。

二階の様子が気になる。一体どんな話をするんだろう？　一年生の私にとって、三年生のお兄ちゃんたちは大人だ。勉強でもするのだろうか。たしかめたい気持ちはあるけれど、交ざりに行く理由もないので、私はすごすごとリビングに戻った。

「汐が友達を連れてくるなんて初めてね！　言ってくれたらケーキでも買ってきてたのに」

嬉《うれ》しそうに独り言を言いながら、お母さんはキッチンに入った。あり合わせのお菓子をお盆に載《の》せて、コップにリンゴジュースを注ぐ。その姿を見ていたら、いいことを思いついた。

「私が持ってく！」

「みさちゃんが？　リンゴジュースもあるけど、持てる？」

「だいじょうぶ！」

じゃあお願いね、と言って、お盆を渡された。私はそれを受け取って、ジュースをこぼさないようゆっくりと二階に運ぶ。

二人がいる部屋の前まで来た。「お兄ちゃん」と呼ぶと、ドアが開いた。

「あ、操《みさお》が持ってきてくれたの？　ありがとう」

いいよ、と答えて、私はごく自然な感じで部屋に入った。潜入成功だ。

咲馬《さくま》さんはお兄ちゃんのベッドに座っていた。私がテーブルにお盆を置くと、こちらに視線を寄越した。

「汐《うしお》って妹いたんだな！　名前、なんていうんだ？」

う、とたじろぐ。声の大きな人って苦手だ。私は俯《うつむ》いて、ごにょごにょと答える。

「み、操……」

「みさお？　男っぽい名前だな」

かぁ、と顔が熱くなった。

初対面でなんて失礼な人だ。これじゃクラスの男子と変わらない。お兄ちゃんはこんな人と友達になったの？　嘘《うそ》でしょう……。

「だ、ダメだよ咲馬くん。操、それ気にしてるから……」

「えっ、マジ!?　ごめん！　おれ、思ったことよく言っちゃうから……でも、操ってカッコよくていい名前だと思うぞ！」

「べっ……別に普通だもん！」

自分でもよく分からない返事をして、私は逃げるように部屋から出た。

少し遅れて、腹が立ってきた。なんなんだ、あの人。人の名前を男っぽいだなんて……。

お兄ちゃんはどうしてあんな子を連れてきちゃったんだろう。って、私のせいでもあるのか。

まぁ、いいや。

どうせお兄ちゃんとは長続きしない。お兄ちゃんはもっと大人しい子が好きなのだ。たぶん。


だけど私の予想はことごとく外れた。

「これから咲馬くんと遊びに行くんだ」

「咲馬くんと持ってる学研まんがを交換したよ」

「本当にすごいんだ、咲馬くんは」

「それで、咲馬ったらね」

「咲馬がさ――」

咲馬さんが家に訪れた日を境に、お兄ちゃんの口から彼の名前が何度も飛び出すようになった。リビングでくつろいでいるときも、夕飯を食べているときも、ベッドに入ってこれから寝ようとするときも……実に嬉《うれ》しそうに、咲馬さんのことを話す。しかもいつの間にか、「咲馬くん」から「咲馬」になっていた。どんどん仲よくなっている。

正直、気に食わなかった。見知らぬよそ者に、お兄ちゃんを取られたような気がしてしまったのだ。実際、最近お兄ちゃんは咲馬《さくま》さんとばかり遊ぶので、私は一人でいる時間が少し長くなった。

「ねえ、どう思う?」

「どう、って言われても……」

ひめかちゃんは、眉《まゆ》をハの字にする。

習い事のスイミングが終わったあと、ひめかちゃんとロビーで話していた。お互いソファに座って、お母さんの迎えを待っている。

「仲よしなのは、いいことなんじゃない?」

「そうだけど……ちょっと、仲よくしすぎ。あの人、なんかずっとへらへらして、おちゃらけてるし。お兄ちゃんに意地悪しそう」

「うーん……でもお兄ちゃんは咲馬くんのこと、気に入ってるんだよね?」

「……たぶん」

「じゃあ、いいと思うけど」

「でもさぁ——」

私はねちねちと不満を垂れ流す。困りながらも付き合ってくれるひめかちゃんの優しさがありがたかった。ずっと友達でいようと、静かに心に刻む。

そのうちお母さんが車で迎えに来て、私はひめかちゃんと別れた。

家に着いて、車から降りると、玄関のドアから咲馬さんが出てきた。今日もお兄ちゃんと遊んでいたみたいだ。

「あ、咲馬くん。今から帰るとこ？」

お母さんが話しかけると、咲馬さんは「うん！」と元気に答えた。

「今日はゲームしてたんだ。汐《うしお》、最初はすげー下手《へた》くそだったのにどんどん上手《うま》くなっててさ。今日初めて負けちゃったんだ」

「汐は飲み込み速いからねえ。咲馬くんも負けないよう練習しなくちゃ！」

「おう！　頑張る！」

気をつけて帰ってね、と言って、お母さんは家に入った。

私もお母さんに続く。咲馬さんとはあまり話したくない……というか何を話せばいいのか、いまだに分からない。だから、ささっと横を通り過ぎようとしたら、

「あ、操《みさお》ちゃん」

呼び止められた。

私はぎくしゃくしながら振り向く。

「な、何？」

「渡したいものがあってさ。いなかったから諦《あきら》めようと思ったんだけど、ちょうどいいや」

咲馬《さくま》さんはポケットの中からキーホルダーを取り出した。銀のボールチェーンに、まるっこい妖精のキャラクターがぶら下がっている。

「あ、ミルモ」

私が好きなキャラクターだ。漫画も、集めている。

「汐《うしお》から好きって聞いたんだ。操《みさお》ちゃんにあげるよ」

「え、いいの？」

「うん。妹が集めてんだけど、一個余ってたからさ。それに……ほら、この前、悪いこと言っちゃっただろ？」

悪いこと……もしかして、名前が男っぽいって言ったことだろうか。私はもう忘れかけていたけど、咲馬さんは覚えていたみたいだ。意外とちゃんとしているな、と思った。

私はキーホルダーを受け取った。手の平でころんと転がるミルモは、ちょっと間抜けな笑顔で私のことを見つめていた。

「これで許してくれるかな……？」

どこか緊張した様子で、咲馬さんは言う。

一瞬、気を許しそうになったけど、私は頭の中で「まだダメだ」と自分に言い聞かせた。

「……お兄ちゃんのこと、取っちゃわない？」

「へ？」

咲馬さんは目をぱちくりとさせた。

「取るって……え、どういうこと？」

「その、お兄ちゃんを遠くに連れてったり、悪いこと教えたり……私と遊ぶ時間をなくしたり、とか」

ぶは、と咲馬さんは吹きだした。

「取るってそういうこと!?　あっはっは！」

口を大きく開けて、まるでアニメのキャラクターみたいに咲馬さんは笑う。私は至って真面目《まじ》に言ったつもりだ。でもそんなに笑われるということは、たぶん、かなりおかしなことを言ってしまったのだろう。そう考えると、急に恥ずかしくなった。

咲馬さんはひとしきり笑ったあと、目の端に浮かんだ涙を指で拭《ぬぐ》った。

「ごめんごめん、笑いすぎた。大丈夫、汐のことは取らないよ。一緒に遊ぶだけだ」

「ほんとに？」

「ああ。約束する」

「……ほんとのほんとに？」

「めっちゃ疑ってくるな……」

そんなに信用できないかなぁ、と咲馬さんは苦笑いする。

「じゃあさ。こうしよう。これから汐と遊ぶときは、操ちゃんも一緒にどうだ？」

「え、私も?」

「それなら操《みさお》ちゃんは汐《うしお》と一緒にいられるだろ? だから、これからは三人で遊ぶんだ」

私と、お兄ちゃんと、咲馬《さくま》さんの三人。

悪くない案に思えた。それなら私が疎外感に苛《さいな》まれることはない。別に、咲馬さんと仲よくする必要はなく、私はただ見張っていればいい。

「じゃあ……そう、する」

「よっしゃ、決まりな」

す、と咲馬さんは片手を差し出した。その手が何を意味しているのか分からず、私はきょとんとする。

「握手だよ。ほら、操ちゃんも」

ああ、なるほど。言われたとおり、私はおずおずと差し出された手を握る。すると咲馬さんも、同じくらいの力で握り返してきた。

「じゃあな!」

そして咲馬さんは、自転車に乗って帰っていった。

手の平に残る感触を握りしめて、私は家に入った。

その日から、お兄ちゃんと咲馬さんの輪に私も加わるようになった。最初は咲馬さんのことを警戒していたけど、何度も話しかけられるうちに、気を許すようになった。いや、ニュアンス的には「諦《あきら》めた」のほうが近い。咲馬さんはとにかく積極的な人で、こちらがさりげなく壁を作っても、すぐひょいと乗り越えてくるのだ。それでいちいち対抗心を燃やすのが面倒くさくなった。お兄ちゃんが咲馬さんに惹《ひ》かれる理由が、分かったような気がした。

「あ、いいもん見っけ！」

今日も今日とて、学校終わりに咲馬さんと遊んでいた。私とお兄ちゃんと咲馬さんの三人で、近所の公園に向かっている。その道中で、咲馬さんが道脇《みちわき》に咲く花を指さした。薄いピンク色の、小さな花だ。

「知ってるか？　この花の蜜、甘いんだぜ」

そう言って、咲馬さんは花をもぎ取ると、その根元の部分を吸い始めた。道ばたの植物を口に含むなんて！　私は「うわあ……」と声に出して引いてしまう。

「二人とも、吸ってみろよ」

私はぶんぶんと首を横に振った。誰がそんなはしたないことを……と思っている私の横で、お兄ちゃんが手を伸ばした。

「ええ、お兄ちゃん吸うの？　ばっちいよ、お腹壊すよ」

「まぁ、ちょっとくらいなら……」

「ええ〜やめときなよ〜」

私の制止を無視して、お兄ちゃんは摘んだ花の根元を、まるでキスでもするみたいにそっと咥《くわ》えた。そして驚いた顔で、口を離す。

「ほんとに甘い！」

「だろ？　ほら、操《みさお》ちゃんも。……まぁ、無理にとは言わないけどさ」

気を使われると、ちょっとムッとする。それでつい「私も吸う」と言ってしまった。ほんとは嫌《いや》なのに。でも、言葉にしたからには後に退《ひ》けない。

花のなかで、できるだけ綺麗《きれい》そうなものを選んで摘んだ。そして、蜜が出てる部分を舌の先っちょでちろりと舐《な》めた。

「……甘い」

「ほらな？」

咲馬《さくま》さんはなぜだか誇らしげだった。

「操ちゃんもノリがよくなってきたなぁ。よし、じゃあハイタッチするぞ！　いえ～い！」

「い、いえ～い……？」

よく分からないノリで、ぱしん、とハイタッチする。

お兄ちゃんはニコニコしながら、私たちに温かい視線を送っていた。

【一一年前】

秋口の過ごしやすい日のことだった。

まだ日も高いうちに、幼稚園の降園時間が訪れる。

「操ちゃん、ママが迎えに来たよー」

先生に呼ばれて、私はすぐさま駆けだす。幼稚園の門のところに、私のお母さんがいた。他のお母さんよりも背が高くて、髪が雪のような色をしているから、離れていてもよく分かる。

私はお母さんの膝《ひざ》に、体当たりするようにしがみついた。

「みさちゃ〜ん！　いい子にしてた？」

わしゃわしゃと頭を撫《な》でられる。私は抱きついたまま顔を上げて「うん！」と元気に答えた。

お母さんも笑顔だ。そばにいた先生も、微笑《ほほえ》ましそうに私たちを見ている。

「操ちゃん、本当にお利口さんで助かってます。今日も喧嘩《けんか》の仲裁に入ったり泣いてる子を慰めたりしてたんですよ」

「本当？　さすがみさちゃん！　とっても賢い！」

お母さんは、私の両頬《ほほ》を包むように優しく触れる。ひんやりした感触が心地よかった。

しばらく私とお母さんと先生の三人でお喋《しゃべ》りをする。話をしながら、そういえばまだ友達にお別れの挨拶《あいさつ》をしていないことを思い出して、私はお母さんから離れた。

園内の庭を見渡す。まだお迎えが来ていない園児のなかに、一人で縄跳びをしているひめかちゃんを見つけた。彼女のもとに駆け寄ると、ひめかちゃんはこちらに気づいて、縄跳びをやめた。

「みさおちゃんのママ来たの？」

「うん。ひめかちゃんは？」

「まだ。ママ、いっつも来るの遅いから」

しょんぼりとするひめかちゃん。私は「もうすぐ来るよ」と励ましの言葉を贈る。四歳でも、それくらいの気遣いはできた。

「みさおちゃんのママ、すっごい綺麗《きれい》だよね。テレビの人みたい」

「テレビの人より綺麗だよ」

「そうかな？　うーん、そうかも」

ひめかちゃんは純真な眼差《まなざ》しで私とお母さんを見比べる。

「みさおちゃんは、どうしてママと髪の色が違うの？」

その質問は初めてではなかった。というか、最初に疑問を覚えたのは私自身だ。だからどう答えればいいのか分かっている。

「みさはお父さんから生まれたから」

「そうなの!?」

当然、それは両親によってすり込まれた嘘《うそ》だけど、私は小学生になるまで本気で信じていた。たぶんお母さんとお父さんは、私が『遺伝』というものを理解するにはまだ早いと考えていたのだろう。嘘だと分かったときはちょっぴり両親に失望したけど、サンタさんの正体がお父さんだと判明したときと同じように、すぐどうでもよくなった。

「じゃあね、ひめかちゃん」

「うん、バイバイ」

ひめかちゃんに別れを告げて、私はお母さんのところに戻った。

幼稚園からは自転車で帰る。漕《こ》ぐのはお母さんで、私の席は後ろのチャイルドシートだ。目の前でさらさらと揺れる絹のような髪を眺めながら、幼稚園の話をするこの時間が、私はたまらなく好きだった。

大抵、帰る途中でスーパーに寄って、その日の夕食と翌日の朝食を買い込む。自転車の前カゴだけでは荷物が収まらないので、半分くらいは私が後ろで抱《かか》える。お母さんの「落とさないようにね」という言葉に、私は毎回「大丈夫！」と自信満々に答えていた。

家に着いたら、手を洗って、幼稚園の制服から部屋着に着替える。それで、もうそろそろかな、と思ったところで、玄関から扉の開く音がする。

お兄ちゃんだ。

廊下に出ると、黒いランドセルが見えた。やっぱりお兄ちゃんだ。このときお兄ちゃんは小学一年生だから、私と違って一人で家に帰ってこられる。

上がり框《かまち》に腰掛けて、靴を脱いでいるお兄ちゃんの背後に、私は忍び寄る。十分近づいたら、ランドセルの上からその背中に飛びついた。「わ」とお兄ちゃんは驚いたような声を上げて、こちらを振り返った。

「びっくりした……なんだ、操《みさお》か」

「おかえり、お兄ちゃん！」

ただいま、とお兄ちゃんは優しく返す。

お母さんと同じ色の髪が、私の頬《ほお》に触れる。少し引っ張っただけでぷちぷちとちぎれそうなくらい、繊細で、綺麗《きれい》な髪。なんとなく、ふー、と髪に息を吹きかけると、お兄ちゃんはぶるりと身をよじった。

「ちょっと、くすぐったいよ」

「えへへ、つい」

「まったくもう……仕返しだ！」

お兄ちゃんは脱ぎかけの靴を放り投げて、私の髪をわしゃしゃー！と思いっきり撫《な》で回す。私は「きゃー！」と悲鳴を上げて、形だけの抵抗を示しながら、構ってくれる嬉《うれ》しさを噛《か》みしめた。

そうやってじゃれ合っていると、お母さんがリビングから顔を出した。

「汐《うしお》、おかえり～」

「あ、ただいま、お母さん」

お兄ちゃんは脱ぎ散らかした靴を綺麗《きれい》に並べて、すくりと立ち上がる。

「おやつにホットケーキ焼いたげるから、おてて洗ってね」

ホットケーキ！　私は有頂天になる。お兄ちゃんも満面の笑《え》みで「やった！」と喜んでいた。

お母さんが作るホットケーキは、私の大好物だった。きっとお兄ちゃんもそうだ。バターを塗りたくって、ひたひたになるまでハチミツをかけて食べるのが、一番おいしい。私は端っこのちょっと焦げてパリパリになったところが、特に好きだった。

お母さんがホットケーキを作るのを、私とお兄ちゃんは近くで眺める。卵。牛乳。ホットケーキミックス。それぞれをボウルに入れてよく混ぜ、フライパンに生地を注ぐ。たちまち甘い香りが漂ってきて、生地の表面にぽつぽつが現れた。

「ねえお母さん！　あれやって、あれ！」

私がせがむと、お母さんは照れくさそうに笑った。

「え～？　仕方ないなぁ、ちゃんと見ててね」

お母さんはフライパンの取っ手を両手で握ると、くいっとスナップを利かせて、ホットケーキを高く跳《は》ね上げた。ホットケーキはお母さんの頭より高い位置で上昇を止め、フライパンに落下する。半生《はんなま》の面が、ぱつんっ、と音を立てた。

「わ～、すごい！」

この特技を見られるのも、私がお母さんのホットケーキを好きになった理由の一つだ。お母さんは料理が得意なほうではないけれど、こういったサービスはたくさんしてくれた。

「もっと高く上げられるよ！」

お母さんは調子に乗って、またホットケーキを高く上げる。今度は天井スレスレで、私は一層楽しくなってきた。

「ねえねえ！　もっと高く上げられる？」

「もちろん！　ついてきて！」

お母さんはフライパンを持ってリビングに移動した。ここはキッチンよりも天井が高い。私はうきうきだったけど、お兄ちゃんは不安そうだった。

「だ、大丈夫？」

「心配しないで。落としたりしないからさ」

「そうだよ！　お母さんがホットケーキを落としたことなんて今まで一度もないんだから」

「そうだっけ……」

いや、よくよく思い返せば何度か失敗していたような気がしないでもないけど……もう覚えていない。

ともあれお母さんは、自分の限界に挑戦する。リビングでホットケーキをひっくり返すのはこれが初めてだ。私とお兄ちゃんは、固唾《かたず》を吞《の》んで見守った。

お母さんは深く息を吸うと、カッと目を見開いた。そして、まるでちゃぶ台を返すみたいに、フライパンを勢いよく振り上げる。今まで以上の高度に達するホットケーキ。お母さんは二、三歩後ろに下がって、落ちてくるホットケーキを見事受け止めた。

「いえ〜い！　最高記録！」

「すごいすごい！」

私はもう大はしゃぎだった。その場でぴょんぴょん飛び跳《は》ねる。得意げになったお母さんは、ふふんと鼻を鳴らしてお兄ちゃんのほうを向いた。

「ほらね、汐《うしお》。失敗しなかったでしょ？」

「うん。すごいよ、お母さん！」

心配そうにしていたお兄ちゃんも、お母さんのパフォーマンスを目《ま》の当たりにして笑顔に戻った。

お母さんはとても寒い国で育ったからか、心に小さな太陽を宿しているかのような温かさと明るさがある。私が転んで泣いたときも、お兄ちゃんと喧嘩《けんか》してふてくされたときも、お母さんの太陽に当てられると、すぐ笑顔になれた。お母さんがいない世界は、それこそ終わらない夜みたいなものだ。

「じゃあ今度は天井スレスレを狙《ねら》ってみよっか」

え？　と私とお兄ちゃんの声が重なる。

「まだやるの？」

「せっかくリビングに来たんだからさ。操《みさお》も汐も、お母さんがホットケーキすっごく高く上げるところ見たくない？」

私はさっきので十分だったし、お兄ちゃんも早くホットケーキを食べたそうにしている。だけどやる気満々のお母さんを見ると「もういいよ」とは言いづらかった。

「じゃあ……見たいかも」

私の一言でお母さんは「よしきた！」と高らかに言う。ホットケーキはもう冷めちゃってるかもしれないけど、お母さんのチャレンジ精神はめらめらと燃えていた。そんな姿を目にすると、私も楽しみになってくる。

「よ～し、二人ともしっかり見ててね」

再び私とお兄ちゃんはお母さんを見守る。失敗すればホットケーキは作り直しだ。成功すれば……特に何もないけど、きっとお母さんがとても喜ぶ。

お母さんはタイミングを計るように上体を揺らす。かなり集中しているみたいだ。「いち、に……」と小さな声で秒読みを始めて、「さん！」で勢いよくフライパンを振り上げた――と思ったら。

すぽん、とお母さんの手からフライパンがすっぽ抜ける。

ほぼ水平に飛んでいったフライパンは、リビングの窓をぶち破って庭に飛び出した。

「わ～～～～～～～～～～～～～～～!?」

悲鳴を上げるお母さん。

突然の出来事に、私はただただ唖然《あぜん》とするしかなくて。

お兄ちゃんは「ホットケーキ……」と呟《つぶや》いた。


その後は、割れた窓ガラスの掃除をしたり業者の人を呼んだりで、結局ホットケーキはおあずけとなった。残念だけど、さすがに今回ばかりは驚きのほうが大きかったし、お母さんはすっかり意気消沈してしまって、責める気にはなれなかった。

心配したお兄ちゃんが、ソファで肩を落とすお母さんの隣に座る。

「お母さん、元気だして。またホットケーキ焼いてよ」

「うしお～……なんて優しいこと言ってくれるの……」

お母さんは目をうるうるさせて、がばりとお兄ちゃんに抱きついた。お兄ちゃんは一瞬苦しそうな表情を浮かべて、すぐ頬《ほお》を綻《ほころ》ばせる。この二人は同じ色の髪をしているけど、こうして密着していると、お兄ちゃんよりお母さんの髪のほうが金色っぽいのが分かる。とはいえどちらも綺麗《きれい》な色に変わりなく、私は羨《うらや》ましいやら交ざりたいやらで、もどかしくなった。

「ずるい！　みさも！」

お兄ちゃんの腰に回された腕を引っ張って、私もハグを要求する。

「じゃあみさちゃんも一緒に」

私はお兄ちゃんとお母さんの間に割って入るように、ソファに座った。するとお母さんは両手を広げて、私とお兄ちゃんを一緒くたに抱きしめる。

「ぎゅう〜〜〜〜っ！」

と言いながら、お母さんは腕に力を込める。お母さんの柔らかくて大きな胸に顔が押しつけられる。思ったよりも暑苦しいうえに、抱きしめる力が結構強い。だけど、まったく嫌《いや》じゃなかった。

頭のてっぺんに、お母さんの顎《あご》が乗っかる。

「ああ、愛《いと》しい子供たち……」

私は苦しさに限界が来て、お母さんの背中をタップする。身体《からだ》が離れると、思わず「ぷはあ」と息を吐いた。

「ごめんごめん。ちょっと苦しかったね」

あはは、と笑いながらお母さんは謝る。

「でもおかげで元気出た！　汐《うしお》もみさちゃんも、ありがとね」

調子を取り戻せたみたいだ。お母さんは勢いよく立ち上がると、張り切って夕飯の支度に取りかかった。ソファに残った私とお兄ちゃんは、顔を見合わせて微笑《ほほえ》んだ。

割れた窓ガラスの交換は翌日行われることになっていた。それまではダンボールで補修している。隙間《すきま》風が入り込むたび、お母さんの笑顔がちょっと曇った。

だけど良いことと悪いことは交互にやってくるもので、その日の夜は、良いことがあった。正確には、良い報《しら》せが。

午後七時に始まった『ドラえもん』のエンディングが流れるのと同時に、私たちは夕飯を食べ終える。

お母さんが洗い物をしていると、プルル、と部屋の固定電話が鳴った。

「誰からー？」

手が離せないお母さんの代わりに、私が発信者を確認しにいった。棚の上にある固定電話の画面を、背伸びして見てみる。そこに表示された名前を見て、私はさっきまで観《み》ていた『クレヨンしんちゃん』の内容が頭から飛ぶ。

「お父さんだ！」

私は素早く受話器を手に取った。

「もしもし？　お父さん？」

『ん、操《みさお》か。今日の幼稚園はどうだった？』

「楽しかったよ。今日ね、ひめかちゃんが泣いてるのをなぐさめたりしたの。あと、お母さんのお買い物もてつだった」

『そうか、いい子だね。人に優しくすると、自分にもいいことがあるからね。これを忘れないようにするんだよ』

「うん！」

『よし、いい返事。ところで、お兄ちゃんとお母さんはいるかな？』

「いるよ」

私は耳から受話器を離す。いつの間にかお母さんとお兄ちゃんが、私のそばまで来ていた。二人とも電話を替わりたそうにしている。お母さんに至っては、急いで来たせいか、手首に泡がついていた。

お父さんは仕事の関係で海外にいることが多くて、なかなか家に帰ってこられない。だから頻繁に電話をかけてくれる。私もお兄ちゃんもお母さんも、お父さんと話すのが大好きなので、大抵、長電話になる。思えば、海外にいるお父さんは電話代がバカにならないはずけど、向こうから通話を切ろうとしたことは、たぶん一度もなかった。

とりあえずお母さんに受話器を渡そうとしたら、お兄ちゃんが「あ……」と物欲しそうな声を漏《も》らした。なので、やっぱりお兄ちゃんに替わる。

「もしもし、お父さん？　ぼくだよ、汐《うしお》」

お父さんの声が聞こえるように、私はお兄ちゃんが持つ受話器に耳を近づける。お母さんもその場にしゃがみ込んで、私と同じようにした。受話器を中心に、三人の身体《からだ》がぴったりくっつく。

『おお、汐《うしお》。調子はどうかな。小学校は楽しい？』

「うん……楽しいよ。この前、算数のテストで百点取ったんだ」

『へえ、すごいな！　今やってるのは足し算と引き算かな？』

「うん。最近は筆算も覚えたよ。ぼくね、先生に問題を出されて、クラスの中で一番答えるのが速かったんだ。それで、すごく褒めてもらえた」

『汐はどんどん賢くなっていくなぁ。父さんの小さい頃《ころ》は勉強が苦手だったから、お母さんに似たのかもしれないね』

「いや、私も勉強苦手だったよ」

横からお母さんが口を挟むと、お兄ちゃんは受話器を譲った。小まめに受話器を回していくのが、お父さんと電話するときの慣例だ。

「次のスケジュールはもう出た？　クリスマスまでには帰ってこれるよね……？」

『ああ、そのことなんだけど……』

お母さんの顔が緊張する。

『一二月は日本にいられることになったんだ。今年のクリスマスはみんなで過ごそう』

「ほんと!?」

ぱぁ、と花が咲くようにお母さんは笑顔になる。私とお兄ちゃんは「やった！」と歓声を上げた。

去年のクリスマスは、仕事が忙しくてお父さんは日本に帰ってこられなかった。大人の事情というものを理解できなかった私は泣きわめき、ずいぶんとお母さんを困らせてしまったものだ。お母さんだって寂しかったろうに。

だけど今年は、家族揃《そろ》ってクリスマスを迎えられる。しかもお父さんは「一二月は」と言っていた。それはつまり、一か月以上は家にいられるってことだろう。すでに私の頭の中は、一緒にしてほしい遊びや連れて行ってほしい場所の候補が、次々と浮かんでいた。冬が楽しみだった。

「ねえお父さん、みさゲレンデ行きたい！」

『いいね。またみんなでスキーしようか。操《みさお》はお母さんと一緒に滑るの好きだもんなぁ』

「うん。でも次は一人でも滑れるようにがんばって練習する！」

『楽しみにしとくよ』

朗報のおかげか、お父さんとの通話はいつもより盛り上がった。

一番長く話すのは、決まってお母さんだ。私とお兄ちゃんが電話機の前から離れても、お母さんは近くの椅子《いす》を引っ張ってきて、座り込んで話す。声が湿っぽくなると、終わりが近い。

「うん。うん……私も。……愛してる。うん……それじゃあね。うん、また」

お母さんは固定電話のフックを優しく指で押さえて、それから受話器を置いた。短く息を吐くと、「さて！」と一転して声を張る。

「洗い物しよーっと。二人とも、お風呂《ふろ》入っちゃって〜」

「はーい」

私とお兄ちゃんは、脱衣所に駆け込んだ。


私はバスタブの中から、シャンプーをしているお兄ちゃんに見とれる。プラチナの髪がもこもこした泡に包まれて、ただ髪を洗っているだけなのに、見ていて楽しい。お湯を被《かぶ》ると、濡《ぬ》れた髪がまるで鏡のように艶《つや》めいた。

「操《みさお》、そっち寄って」

お兄ちゃんが湯船に入ってくる。私の正面に腰を下ろすと、犬のように頭を振って、髪から軽く水気を飛ばした。顔にぴちぴちと水の粒が当たって、私は「あう」と目を瞑《つむ》る。

「あ、ごめん。目、入った？」

「ううん、だいじょうぶ」

目を開けると、吸い込まれそうな灰色の瞳が、私を覗《のぞ》いていた。お母さんから譲り受けた、美しい瞳。銀色の髪と同じ、私にはない特徴。たまに、私より先に生まれたお兄ちゃんが、お母さんの綺麗《きれい》なところを全部持って行ってしまったんじゃないかと思うときがある。

「いいなあ、お兄ちゃんの髪」

「髪？」

「私もそっちがよかった……」

口元をお湯に浸けて、ぷくぷくと泡を立てる。するとお兄ちゃんは、近くのハンドタオルを手に取った。それを湯船に浸けて、風船のように膨らませる。

「ほら見て、クラゲ」

励ましてくれている――わけではなく、たぶん、話を逸《そ》らされている。

「お兄ちゃんの髪がいい～」

膨らんだタオルを叩《たた》くと、ぽひゅう、と音を立てて沈んだ。

「操の髪だって綺麗だよ」

「でも、お母さんと同じ色がいい」

「そんなこと言われても……」

私だって、こんなことを言っても仕方がないことは分かっている。だけど時々、憧《あこが》れを抑えられなくなってしまうのだ。特に幼い頃《ころ》は、感情のコントロールが上手《うま》く利かないので、しょっちゅうお兄ちゃんとお母さんに八つ当たりしていた。

「ぼくも、黒い髪がいいなって思うこと、あるよ」

「えー、うそだぁ」

「ほんとだよ。だってみんな、髪の色、黒だもん。茶色っぽい子も結構いるけど……ぼくと同じ色は、誰もいない」

お兄ちゃんは、静かに視線を落とした。

「……ぼくは、みんなと同じがいい」

お兄ちゃんには珍しい、せがむような、悲痛な声色で、私は幼いながらに責任を感じた。私が髪のことで八つ当たりしたせいで、お兄ちゃんを悲しませてしまった――そう、思ったのだ。だから、励ましてやりたかった。

「じゃあさ」

私は身体《からだ》をぐっと前に出す。湯船に生じた波が、お兄ちゃんの胸元にぱちゃりとぶつかった。

「みさが、手伝ってあげる」

「手伝うって？」

「お兄ちゃんは、みんなと同じになりたいんだよね。だから、お兄ちゃんがみんなと違うことしてたら、そうじゃないよ、ってみさが教えてあげるの。そしたら、そのうちみんなと同じになれるでしょ？」

「なれるかなぁ」

「なれるよ」

お兄ちゃんの力になりたくて、私は強く言った。

「約束したげる」

そして、小指を差し出す。
お兄ちゃんは迷うような間を空けて、おそるおそる自分の小指を絡ませた。
お兄ちゃんの悲しむ顔を見たくなかった。
ただそれだけだった。
それだけだったんだ。
私は小指を解《ほど》いて、にっこりとお兄ちゃんに微笑《ほほえ》みかける。
「これでもう安心だね！」

第八章　雪晴れにそよぐ月

ふう、と汐《うしお》が息をつく。

張り詰めていた空気が、わずかに弛緩《しかん》した。同じベッドの上で、隣に座る汐から、俺は脱力の気配を感じ取った。汐の話が、ついに終わった。

ふと、肌寒さを覚えた。集中して耳を傾けていたせいか、ずっと自分の部屋にいたのに、まるでさっきまで別の場所にいたような感覚がする。窓の外は暗く、時計の針は午後六時を指している。じき一一月も終わるこの頃《ころ》、日が暮れるのはとても早い。

話の途中で照明は点《つ》けたものの、カーテンは閉めていない。俺はベッドから立ち上がり、窓辺に寄った。カーテンを閉めて、ついでに軽く伸びをする。

長い話だった。

事の始まりは……そう、ハグだった。汐にお願いされて、俺はそれに応《こた》えたのだ。もはや汐から向けられた好意を疑う余地はなかった。だから、訊《たず》ねた。

どうして、俺のことを好きになってくれたんだ？

その問いから、汐の話が始まった。俺と汐のなれ初《そ》めから、一度疎遠になり、そしてセーラー

服を着た汐と出会うまで……汐は自身のことを正確に伝えようとしていて、俺も、一つの取りこぼしもないように、真剣に話を聞いた。だけど最後まで聞いても、いつ、何が理由で好きになったのかは、判然としなかった。

一体、どれなんだろう。

汐の苦手な梅干しを食べたとき？　教室で先生にタバコのことを注意したとき？　汐のことを親友だと言ったとき？

それらしいエピソードはたくさんあった。だけど何が『好き』に繋《つな》がったのかは、結局よく分からないままだ。具体的に教えてもらうのも気が引けて、沈黙を続けてしまう。

でも、一つたしかなことがある。

汐はどこまでも真剣だった。誰にも話さず心に秘めたい思い出もなかにはあっただろうに、包み隠さず、話してくれた。

「ねえ、なんか言ってよ」

急《せ》かすような声に、俺は振り返る。

「あ、ああ。悪い」

とりあえず謝罪して、また汐の隣に座った。

汐の顔には疲労が浮かんでいた。長編映画一本分くらい喋《しゃべ》り続けたのだから、そりゃあ疲れただろう。

「なんていうか……昔の俺って、そんなキャラだったんだな」

「まぁ、多少は美化されてると思うけどね」

「それ、汐《うしお》が言うのかよ」

つい笑ってしまう。

汐は軽く咳払《せきばら》いすると、自分の喉《のど》をさすった。

「さすがに喋《しゃべ》りすぎたな。喉がゴロゴロする……」

「なんか飲み物いる？」

「いいよ。もう遅いし、今日は帰る」

汐はベッドから立ち上がった。

二人で部屋を出る。階段を下りながら、俺は汐にかけるべき言葉を考えていた。はっきりとした形で好意を向けてくれた相手に対して、自分の思いをどう伝えるか……今回の話にかぎらず、今まで避けてきた問いに、そろそろ本気で向き合う必要がある。

考えているうちに、一階に着いた。廊下にはおいしそうな夕飯の匂《にお》いが漂っている。

「あら、汐くん？」

リビングから母さんがひょこりと顔を出した。夕食を作っている最中のようで、腕まくりをして髪を後ろでまとめている。

内心で舌打ちをする。ちょっと面倒な鉢合わせだ。俺の母親が汐と顔を合わせるのは、おそらく俺たちが小学生のとき以来だ。だから母さんは、汐の事情を知らない可能性がある。

「あ……おばさん。こんばんは」

「こんばんは。久しぶりだね、元気してた？」

「ええ、まぁ」

汐は視線を逸《そ》らして、わずかに肩をすぼめた。女子制服を着た自分がどう見られているのか、気にしているからかもしれない。ここはさっさと話を切り上げるのが無難だろう。

「今から帰るとこなんだよ。もう、遅いから」

「あらそう。外、暗いから気をつけてね」

俺は、行こう、というアイコンタクトを汐に送って、また玄関に向かって歩きだした。

汐を外まで見送るため靴を履こうとしたら、「ちょっと待って」と母さんが引き止めてきた。

「よかったらうちでご飯食べてく？」

「え？」

突然の提案に、汐は困惑した声を出す。俺もちょっと驚いた。

「晩ご飯カレーだから、一人増えても大丈夫だよ。もちろん、無理にとは言わないけど」

「ええと……」

一応、俺の家で汐と食事をしたことは過去にもあった。でも小学生のときの話だし、さすがに急すぎる。

「いきなり誘っても迷惑だろ。もう汐《うしお》ん家《ち》で夕飯作ってるかもしれないし」

「うーん……まぁ、それもそうか」

母さんはあっさりと引き下がった。ただの思いつきで言ったのかもしれない。

「ちょっと、親に連絡してみます」

汐は携帯を取り出して、その場で電話をかけ始めた。汐の性格的に、遠慮して断るかと思っていたから少し意外だ。

「あ、もしもし？　雪《ゆき》さん？」

簡潔に用件を告げて、二、三言やり取りをすると、汐は通話を切った。そして母さんのほうを向く。

「まだ作ってないみたいなので、ごちそうになります」

「ほんと？　よかった、じゃあ準備するから待っててね。できたら呼ぶわ」

母さんはキッチンに戻った。

トントン拍子で話が進んだ。汐と食事をすること自体はいいのだが、家族も一緒となると気を使わせてしまわないか心配になる。

「よかったのか？」

「うん。せっかく誘ってもらったから」

「そうか。まぁ汐がいいならいいよ」

夕飯の準備ができるまで部屋で待とうと、俺たちは階段のほうに足を向けた。するとまた母さんが「あ、それと」と言って廊下に顔を出した。まだ何か用があるのか。

「今は、汐ちゃんって呼んだほうがいい？」

……たしかにそれは、確認しておいたほうがいいかもしれない。

一瞬、汐は呆気《あっけ》に取られたような顔をして、くすりと笑った。

「じゃあ、それでお願いします」

「オッケー。じゃあ待っててね、汐ちゃん」

今度こそ母さんはキッチンに戻った。

あの平然とした態度を見るに、母さんは汐の事情について理解していたみたいだ。俺から話したことはないから、たぶん噂《うわさ》で知ったのだろう。にしても、呼び方にまで気を使えるとは思っていなかった。過去に同じことを訊《き》いたのは星原《ほしはら》くらいだろうか。好きになった子と母親の発言が被《かぶ》るのはかなり複雑だが……。

「二階、上がんないの？」

汐に声をかけられてハッとする。

「ああ、先に上がっといてくれ。ちょっと飲み物入れてくる。喉《のど》、渇いちゃって」

「ん、分かった」

頷《うなず》くと、汐は階段を上っていった。

俺は廊下を進んで、キッチンに入る。暖房をつけているはずなのに、妙に肌寒かった。もしや、と思ったら案の定、母さんが換気扇の下でタバコを吸っていた。

「準備はどうしたんだよ、準備は」

ふー、と煙を換気扇に吐いて、母さんは電子レンジを顎《あご》で指す。

「今、ご飯、温めてる」

「あっそう……。ていうか、飯の前にタバコ吸うなよ」

「ダイジョブ。匂《にお》いは残さないから」

「それもあるけど、部屋、寒くなるだろ」

「すぐ暖まるよ。一本だけだから、ね？」

お願い、と年甲斐《としがい》もなくウインクをする。

俺が思いっきり顔をしかめると、母さんは唇《くちびる》を尖《とが》らせた。

「緊張しちゃうんだよー。汐《うしお》くん……じゃなくて、汐ちゃんと話すの、久しぶりだから。今のうちに心を落ち着かせないと、変なこと口走っちゃうかも。咲馬《さくま》はそれでいいの？」

「どんだけ吸いたいんだよ……」

はあ、とため息をつく。嫌《いや》な脅し方だ。

「……一本だけだからな」

「やった」

喜ぶ母さんをよそに、俺は冷蔵庫からカルピスを取り出した。二人分、コップに注いで水を足す。カルピスの原液と水をストローで混ぜながら、母さんに話しかけた。

「そういや、知ってたんだな。汐のこと」

「まぁ、狭い町だからね。そういうのは、どうしたって耳に入ってくるよ」

「そうか」

この椿岡《つばきおか》という町において、親の情報網は絶大だ。まるで電線のように、町全体に張り巡らされている。そこにプライバシーはあまり考慮されない。もしかすると、槻ノ木《つきのき》家の事情については俺よりも母さんのほうが詳しいかもしれない。

「なんで急に汐を誘ったんだ？」

「迷惑だった？」

「別に、そういうわけじゃないけど……」

「汐ちゃん家、いろいろ複雑だって聞いてたからさ。なんとなく様子が気になって、誘ってみただけ。そんな深い理由はないよ」

ぷはー、と母さんは換気扇に煙を吐き出す。

「あんたもさ、ちゃんと気にかけてやりなよ」

「……分かってるよ」

俺はカルピスを持って二階に上がろうとして、最後に一言。

「タバコ、匂《にお》わないようにしとけよ」

はーい、と母さんは間延びした声で返した。


それから一〇分くらい経《た》った頃《ころ》に、母さんに呼ばれた。夕飯の準備ができたみたいだ。

「行くか」

「うん」

俺と汐《うしお》は一階に下りて、リビングに入る。

テーブルの上には、四人分のサラダと卵スープが並べてあった。

「カレーは自分でよそってね」

とキッチンに立つ母さんが言う。俺と汐は頷《うなず》いて、そちらに向かった。

俺はさりげなく匂いをたしかめる。よし。タバコの匂いはしない。ちゃんと消臭できている。

先に汐にご飯をよそわせていると、二階から人が下りてくる気配がした。

「あー、お腹空いた……」

妹の彩花《あやか》だ。花の中学二年生だが、家では常に野暮ったいスウェットを着て猫背で歩き回っている。

彩花はすんすんと鼻を鳴らして、げえ、と舌を出した。

「先週もカレーじゃなかった？　もう飽きたんだけど……」

「え〜いいじゃない。母さんカレー大好き」

「お母さんは好きでもさ〜」

ぶつぶつと文句を言いながら、こちらにやって来る。

キッチンに入った途端、ぴたりと立ち止まった。心底驚いたように、目を見開く。

「う、う、汐さん!?　まだ帰ってなかったんですか!?」

「うん。晩ご飯をいただくことになってね。悪いけど、お邪魔するよ」

「わわわ悪いなんてそんな！　むしろカレーなんかですみません……悪いのは私です……」

「いや、誰も悪くないよ……」

彩花の動揺っぷりが面白い。汐のことを慕っているからそんな反応になってしまうのだろう。

「彩花、手空いてるならお茶の用意頼む」

「あ？　なんで私が」

ぎろりと睨《にら》んでくる。汐に見せる愛嬌《あいきょう》を少しくらい俺にも向けてほしいものだ。

とはいえ、言うことは聞いてくれた。彩花は冷蔵庫からお茶を出して、コップと一緒にテーブルに持っていく。

それから人数分のカレーをよそい終えると、俺たちはテーブルについた。

いただきます、と各々《おのおの》口にして、スプーンを握る。

「にしても、久しぶりだね。汐ちゃんと家で食べるの」

母さんが言った。彩花《あやか》がめちゃくちゃ小さな声で「汐《うしお》ちゃん……!?」と繰り返す。

「そうですね。小学生のとき以来かな……」

「夏休みに焼き飯とかそうめんとか食べたよね。懐かしいなあ」

うんうん、と汐は頷《うなず》いて、ふと何かに気づいたように軽く周りを見渡した。

「お父さんはお仕事ですか?」

「いや? 自分の部屋で食べてるよ」

「え? あ、そうなんですね」

「汐ちゃんがいるからじゃないよ? いつものことだから、気にしないで」

「は、はい」

汐は、食事を続ける。

彩花が「あ、あの」とおどおどしながら汐に声をかけた。

「呼び方……やっぱり、汐ちゃんのほうがよかったですか……?」

「いや、好きなように呼んでくれていいよ」

「ほ、ほんとですか? じゃあ、汐先輩、とかでもいいですか?」

「もちろん、構わないよ」

汐が顔を綻《ほころ》ばせると、彩花も嬉《うれ》しそうな表情を浮かべた。

「私、その、椿岡《つばきおか》高校に入ろうと思ってて……だから、汐先輩って呼ぶの、ちょっと憧《あこが》れてたり……」

「あ、そうなんだ。応援するよ。まぁ、彩花ちゃんが入ってくる頃《ころ》にはぼくもう卒業しちゃってるけど」

「いやもう汐先輩って呼べるだけでも満足なので！　なんなら椿岡高校落ちても大丈夫です！」

いやいや、と母さんが苦笑しながら突っ込む。

「落ちちゃダメでしょ、落ちちゃ」

「でも、椿岡高校って一応進学校だし……」

「それでも受かるつもりで勉強しなきゃ。大丈夫。咲馬《さくま》でも受かったんだから自信持って」

「おい。俺でもってどういうことだよ。言っとくけど、俺は勉強かなり頑張ったからな。彩花も油断してたらふつーに落ちるぞ」

彩花が俺を睨《にら》む。

「プレッシャーかけるようなこと言わないでよ。私だって勉強ちゃんとやってるんだけど」

「じゃあ落ちても大丈夫とか言うなよ」

「は～？　別に本気で言ったんじゃないし。いちいち揚げ足取んな」

げし、とテーブルの下で脛《すね》を蹴《け》られた。靴を履いてないので大して痛くはない。

突然、汐がふふっと笑った。

「二人とも、仲いいね」

「どこが！」

俺と彩花《あやか》の声がハモった。意図せずお約束みたいな流れになってしまって、互いに決まりが悪い。そんな俺たちを、汐《うしお》は微笑《ほほえ》ましそうに見ていた。

その後も談笑を交えながら、俺たちは食事を続けた。普段はあまり喋《しゃべ》らない彩花だが、汐が来てテンションが上がっているのか、口数が多くなっていた。俺に対する当たりも、いつもより優しかったように思う。いいことだ。汐も馴染《なじ》んでいたし、今後も食事に誘ってみてもいいかもしれない。

ただ……汐は時おり、ほんのかすかに寂しそうな顔をした。

小さな感情の変化だったが、俺は見逃さなかった。その寂しさがどこから来るものなのか、なんとなく心当たりはあったが、そのときはあまり深く考えなかった。

食事を終えた。

四人で食べ終えた皿を流しに運ぶ。時刻は七時半を回っていた。

「カレー、すごくおいしかったです。ありがとうございました」

キッチンに立つ母さんに、汐がぺこりと頭を下げる。

もう帰る流れだ。汐は洗い物の手伝いを申し出てくれたが、さすがにそこまでやらせるわけにはいかず、母さんが断っていた。

「また来てね。汐ちゃんなら大歓迎だから」

「はい、ぜひ」

汐は彩花のほうを向く。彩花は汐の前でいい顔をしたいのか、いつもは食べ終えたらすぐ風《ふ》呂《ろ》に入るか部屋に戻るかなのに、キッチンで洗い物の手伝いをしていた。

「彩花ちゃんもありがとう。いろいろ話せて楽しかったよ」

「私もです！　ほんと、いつでも来てください……次はもっといいものを用意するので」

「あはは……そんなに気を使わなくていいからね？」

彩花と母さんに別れを告げると、汐は部屋に置いていた学生鞄《かばん》を取って、俺と一緒に家を出た。とりあえず玄関先まで見送ることにした。

外の空気はすっかり冷たくなっていた。冴《さ》えた夜空で星が瞬いている。

家の前に停めた自転車まで歩いて、立ち止まる。汐の髪は街灯に反射して、まるで月光をたっぷり吸ったようにきらめいている。

がこん、とスタンドを上げる音が、遠くまで響いた。夜の住宅街は静かだった。だが耳を澄ませば、生活のざわめきが聞こえる。人の声、赤ん坊の泣き声、テレビの音、フライパンで何かを炒める音……音の一つひとつは、まるで肌に落ちた雪のように、空気に溶けていく。

「今日は楽しかったよ。咲《さく》馬《ま》の家、賑《にぎ》やかでいいね」

「いつもはもうちょっと静かなんだけどな。彩花も母さんも、汐が来て舞い上がってるんだ」

「それでも、羨《うらや》ましいよ」

汐《うしお》が食事中に何度か寂しそうな顔をしたのは、それが理由だろう。槻ノ木家《つきのき》の食事風景がどうなっているのか俺には知りようもないが、おそらくそう賑《にぎ》やかなものではない。

操《みさお》ちゃんや雪《ゆき》さんとは、上手《うま》くやれているのだろうか——。

「じゃあ、もう帰ろうかな」

汐が自転車に跨《また》がろうとしたところで、

「あ、待ってくれ、汐」

引き止めた。

汐は足を下ろして、こちらを向く。その顔には、どことない期待が浮かんでいた。

「何?」

「今日はいろいろ話してくれてありがとう」

「いいよ、お礼なんか」

「話が終わってから、考えてたんだ。汐は、ちゃんと傷つく覚悟をしながら踏み込んできてるのに、俺がずっと逃げ腰じゃダメだなって……」

ひゅる、と住宅街に冷たい風が吹いた。ポケットに手を入れようとして、思いとどまる。今は大切な話をしているのだ。

「……中学のとき、俺、汐に嫉妬《しっと》してたんだ。汐はなんでもできちゃうし、勉強でも運動でも、俺は一個も勝てなかった。最初は、汐が成長してくのを友達として誇らしく思ってたけど、だんだん辛《つら》くなってきてさ。避けてて、本当に悪かった」

汐はあまり中学生の頃《ころ》の話はしなかった。だが多くは語らずとも、分かることはある。俺が一方的に距離を置いたことに、汐は少なからず傷心していた。

「知ってたよ」

汐は当たり前のように言った。何を今さら、とでも言いたげだった。

「ぼくも無神経なところはあったから、咲馬《さくま》のことは責めないよ。それに、逆の立場なら同じようにしてたかもしれないしね」

汐は声のトーンを落として「ただ……」と付け足した。自転車のハンドルを握り直して、わずかに目を細める。

「思い出すと、ちょっと怒りたくなる」

「悪かったよ……」

こんな謝罪では足りないだろうが、本当に申し訳ないと思っている。

「……言いたいことは、それだけ？」

「まぁ、一応……。あ、いや、あと一〇秒だけ待っててて！」

俺は回れ右して、急いで家に戻った。

階段を駆け上がり、自分の部屋に入る。チェストを漁《あさ》ると、積み重なった衣服の下に、紺色のマフラーを見つけた。俺はそれを取り出して、すぐに汐《うしお》のもとへと戻った。

外に出ると、汐は自転車のスタンドを下ろしてぼんやり宙空を見つめていた。俺に気づくなり不機嫌そうに鼻息を鳴らす。

「五秒、遅刻」

「ごめんごめん」

俺は持ってきたものを汐に差し出す。

「これ、マフラー。帰り道、寒いと思って」

「……わざわざどうも」

汐は慇懃《いんぎん》な態度でマフラーを受け取った。細い首筋にぐるぐると巻いて、顎《あご》が隠れるくらいのゆとりを持たせる。その姿を見て、一つ足りないものに気がついた。

「手袋も持ってくればよかったな」

「もういいよ。我慢できない寒さじゃない」

「そか。汐、昔から寒さには強いもんな」

「普通だよ。昔からみんなにそう言われるうちに、そういうことになっちゃってるだけで」

「え、マジ？　知らなかった……ごめん」

「別に、謝らなくてもいいけど」

なんだか機嫌が悪い。

待たされたことが気に障っただけではないだろう。理由は分かっている。汐が求めているものはマフラーでも手袋でもない。それは汐の視線や声音《こわね》から、痛いくらいに実感している。

俺は知っている。

汐が、俺とどうなりたいのか。俺に、どう言ってほしいのかも。

そして汐自身も、俺が察していることに気づいている。

これ以上、返事を先送りにするのは不誠実だ。汐からの恋慕をたしかな形で認識したからには、俺の気持ちも伝えなければならない。それに、俺だって曖昧《あいまい》な態度でごまかし続けるのはしんどい。嘘《うそ》をついているみたいで、罪悪感がある。だから、はっきりさせなきゃならない。

……でも。

「用件は終わり？」

汐が言う。

ちゃんと返事をするべきだ、と思いつつも、その一歩がどうしても踏み出せない。

決断に踏み切るまでの準備が、まだ、できていない。

「そうだな。これ以上は、特に……」

「……そう」

汐の声には諦念《ていねん》が滲《にじ》んでいた。ただの相槌《あいづち》が、胸に突き刺さる。

「じゃあ行くね」

汐《うしお》は俺に背を向けると、がこん、とスタンドを蹴《け》り上げた。

激しい自責の念と、情けなさと、この期《ご》に及んで自分の痛みばかり意識してしまう自己嫌悪が、俺の背中を静かに押した。

「汐、ちょっと待って」

「も〜寒いんだからいい加減に」

「デートしよう」

がしゃん、と。

汐の自転車が倒れた。そのままだと車が来たら轢《ひ》かれそうだと思って、固まっている汐の代わりに、自転車を起こす。そして、スタンドを立てる。

「今度……そうだな。じき一二月だから、クリスマスに二人でどこかに行こう。まだ何も決めてないけど……そのときまでに、何やるか考えとくからさ」

汐の唇《くちびる》が震えるように動いた。表情から、ありありと混乱が伝わってくる。

「ぼくと?」

「ああ」

「デートの意味、分かって言ってる?」

「分かってるよ、そりゃあ」

「……いいの?」

汐は俺のことをじっと見つめている。言葉の裏を探している、疑心に満ちた目だった。俺の誘いが、何を意味しているのかを必死に考えている。

少しくらい、素直に受け止めてもいいのに。俺が今まで何かと優柔不断だったせいだろうか。

「いいに決まってるだろ、俺が誘ってるんだから……まぁ、汐さえよければだけどさ」

「別に、構わないけど……」

汐は落ち着きなく視線を泳がせる。だがそれも数秒のことで、諦《あきら》めたように息をついた。

「咲馬《さくま》の考えてることがよく分からない」

「汐のこと、好きになりたいんだ」

その言葉はすっと出てきたにもかかわらず、驚くほど的確に今の心情を要約していた。

そうだ。俺は、汐のことを好きになりたいのだ。汐のことを好きになれたら、どれほど幸せだろうか、と思う。

ただ、正直な気持ちを伝えることが、正解とはかぎらない。

好きになりたい、というのは、今は好きではない、と同義だ。友達としてなら、もちろん汐のことは好きだ。でも恋愛的な意味になると、言葉に詰まる。汐のことは嫌いじゃない。でも、付き合ってイチャイチャしたい、みたいな願望は、ない。

こればかりはもう、言い訳できない事実だ。

汐は、どう思うのだろう。

「……そ」

汐《うしお》の口元が、わずかに綻《ほころ》んだ。

「そう、なんだ……」

マフラーをつまんで、鼻先まで顔を埋める。

……あれ!? もしかして照れてる?

意外な反応だが、好意的に受け取ってくれて安心した。そうか、今のでよかったんだ……。安心すると、じわじわと恥ずかしさがこみ上げてきた。デートに誘うのも、人に「好きになりたい」なんて言うのも、俺にとって初めての経験だった。

「ずるいよ、咲馬《さくま》は」

マフラーで口元を隠したまま汐が言った。耳の先が少し赤くなっている。

「そんなこと言って、また問題を先送りにしようとしてる」

「う……ごめん」

「あ、先送りなのは認めるんだ」

汐は毒気を抜かれたような表情をした。

「でも、デートに誘った理由はそれだけじゃない。さっきも言ったように、俺も……汐のこと、もっと知りたいから」

「知りたい?」

二度も言うのは恥ずかしくてさりげなく言い換えたのだが、見抜かれてしまった。

「じゃなくて、えっと……好きになりたい、から」

むずむずとしたものを感じながら言い直すと、くす、と汐の笑い声がマフラーから漏《も》れた。

「分かったよ」

そう言うと、汐はやけに畏《かしこ》まったように姿勢を正した。つられて俺も背筋が伸びる。

汐は口元にかかったマフラーを下げると、微笑《ほほえ》んだ。

「デート、楽しみにしてる」

「ああ」

ひゅるり、と風が吹いた。

汐の髪がさざ波のように揺れ、ラメを振ったみたいにキラキラと輝いた。

＊

今朝は特に冷えた。

自転車を学校の駐輪場に停めて、俺は足早に校舎へと入る。自転車を漕《こ》いで多少は身体《からだ》が温まっていたものの、それでも寒かった。マフラーは汐に貸しているので、中学のときに買ったネックウォーマーをしていたのだが、防風性がいまいちなせいで首回りが冷たい。

上着のコートに手を突っ込んで、廊下を進む。周りには、俺と同じように背中を丸めて歩く生徒がちらほらといた。

二年A組の教室に入ると、ほのかに暖かい空気が身体《からだ》を包んだ。寒さで強張《こわば》っていた肩から力が抜けていく。教室に暖房はない。クラスメイトの体温が、空気に溶けているのだ。

談笑に興じるクラスメイトたちの横を通り、俺は自分の席に着いた。椅子《いす》の冷たさがズボン越しに伝わって、ぶるりと震える。

カイロでも持ってくるんだった、と内心後悔していたら、こちらに近づいてくる男子の存在に気がついた。白いマスクをしていて、寒そうに首を竦《すく》めている。

「よっす」

蓮見《はすみ》だ。机のそばで立ち止まり、身体を抱くように腕を組む。

「おう、なんか久しぶりだな」

「一日学校休んだだけでしょ」

「風邪、もう治ったのか？」

ここ最近、急に寒くなったせいで毎日誰かしら学校を休んでいる。蓮見もその一人だ。常に気だるそうにしている男だが、学校を休むことはほとんどなかったので、珍しいなと思っていた。

「熱は下がった。まだ咳《せき》は出るけど」

「それで学校来たのか？　真面目《まじめ》だな」

「まぁ、そろそろ定期考査だし」

「ああ……」

定期考査まで二週間を切っている。まだ当分先のように思えるが、今まで以上に範囲が広いので、授業はできるだけ受けておいたほうがいい。

「紙木《かみき》はやってんの？　テス勉」

「まぁ、ちょっとずつ」

「ふうん。今回も学年一位目指すのか」

「いや、それはもう無理……」

夏の定期考査では、世良《せら》に勝つため——もとい、学年一位を取るため必死にテスト勉強に打ち込んだ。その結果めちゃくちゃに体調を崩して死にそうになった。数か月前のことだが、ずいぶんと昔のことのように感じる。

ふと、俺は教室の出入り口に視線を向けた。こんなことを考えていたら、また世良がやってくるんじゃないかと嫌《いや》な予感がしたのだ。だがヤツの姿はなく、代わりに慣れ親しんだ二人が教室に入ってきた。

汐《うしお》と星原《ほしはら》の二人だ。

おはよう、と誰かが二人に挨拶《あいさつ》をする。すると周りの生徒も二人の存在に気がついて、立て続けに挨拶《あいさつ》を投げかけた。

おはよう、今日寒いね、テストやばいよー、いい加減暖房つけてほしいよね……。挨拶だけで終わらず、いろいろと話しかけられている。

もう見慣れた光景だ。文化祭の前までは、汐《うしお》が教室で孤立しないよう積極的に話しかけていたが、最近はちょっと近づきにくい雰囲気すらある。卑屈になっているわけではなく、単に人の輪に加わるのが苦手なのだ。

二人が席に向かう途中、灰色の瞳が俺とぶつかった。汐は進路を変えて、こちらに向かってくる。つられて星原《ほしはら》もやってきた。

「あ、紙木《かみき》くんと蓮見《はすみ》くん。おはよ～」

おはよう、と俺と蓮見は返す。冷たい外気に晒《さら》されていたせいか、星原の鼻の頭は赤くなっていた。

「今日めっちゃ寒くない？　自転車通学、嫌《いや》になるよ～」

「だな。バスでも出てたらいいのに」

「ほんとそう！　こういうのってどこに言えばいいんだろう？　生徒会？」

「生徒会にそんな権限あるかなぁ」

俺と星原が話しているあいだに、汐は鞄《かばん》の中からマフラーを取り出していた。

「咲馬《さくま》、これ返すよ。おかげで震えながら帰らずに済んだ」

「それは何より」

マフラーを受け取ると、星原は驚いたように俺と汐を交互に見た。

「あれ!?　汐ちゃん、いつ借りたの？」

「昨日だよ。放課後、夏希《なつき》と別れたあと。ちょっと咲馬の家に寄ってて」

「へー、何しに？」

汐は言葉を詰まらせた。どこまで話していいのか考えているのだろう。まさかハグするために寄ったとは言えない。一瞬、俺のほうから適当にごまかそうかとも思ったが、純粋な瞳で返事を待つ星原に嘘《うそ》をつくのは、ちょっと抵抗があった。

迷っているうちに、汐がおずおずと答える。

「ちょっと夕食に誘われて……」

「え～!?　ほんと？　紙木くんが誘ったの？」

「いや、咲馬のお母さんが」

「お母さんが!?　何それどういう状況？　ちょっと詳しく聞かせてよ～」

「えーと……」

目をキラキラさせて詰め寄る星原に、汐はたじろぐ。一歩後ろに下がると、そのままささっと素早い動きで自分の席へと向かった。

「あ、逃げた！」

追いかける星原《ほしはら》。

朝から賑《にぎ》やかだ。心なし教室の気温が上がったような気もする。

「ほんとお前ら仲いいな」

そばにいた蓮見《はすみ》が言った。

俺はにやりと笑う。

「だろ？」

「うわ、自慢げなの腹立つ」


付きまとう肌寒さに耐えながら授業を終えた放課後、いつものように汐《うしお》と星原とともに帰路についていた。太陽は稜線《りょうせん》に触れるまで傾き、田んぼに囲まれた一本道には空っ風が吹いている。肌寒さもさることながら、真横から吹きつけるこの風が厄介だった。話しても声が聞こえづらく、たまに砂が目に入る。

ただ俺よりも汐のほうが鬱陶《うっとう》しそうだ。乱れる髪を何度も撫《な》でつけ、たまに翻るスカートを押さえつけている。それを自転車を押しながらやっているので、見るからにせわしない。

「はぁ、イライラしてきた……」

愚痴が聞こえた。これだけ風が強くてもはっきり聞こえたので、よほどイラついているみたいだ。

「風強いと嫌《いや》だよね。髪ぼさぼさになるし、スカート捲《めく》れるし」

と言いつつも、星原は平気そうだ。たまに髪を押さえているが、不快そうにしている様子はない。そんな星原に、汐は怪訝《けげん》そうな視線を向ける。

「……スカート大丈夫なの？」

「うん。短パン穿《は》いてるからね。暖かいし、風が吹いてもへっちゃらだよ」

へへ、と星原は胸を張る。

そう言われると逆に気になってしまう。今まで意識してなかったのに、スカートに視線が吸い寄せられた。そうか、短パン。ならスカートが捲れても大丈夫なのか。え？　ほんとに大丈夫なの？

謎《なぞ》の妄執を頭から取り除き、俺は二人に提案する。

「今日はもう自転車に乗ってさっさと帰るか？」

風のせいで、あまり会話を楽しめる状況でもない。汐も星原も、異論はないようだった。

自転車に跨《また》がってペダルに足を乗せる。いざ漕《こ》ぎだそうとしたら、そっと星原が近づいてきた。自転車に乗ったまま、俺の耳元に顔を近づけて、

「このあと、駅前のジョイフルに来て」

そう耳打ちされた。

驚いて反射的に星原のほうを向く。すると星原は、しー、と口の前で指を立てた。汐に内緒

で誘われているようだ。

なんで？　密会？　スカートじろじろ見てるのがバレた？　いや、さすがにそんなことで呼び出されるはずないか……。

まぁ、星原《ほしはら》のことだから深刻に捉《とら》えなくてもいいだろう。汐《うしお》に悪いような気もするが、とりあえず頷《うなず》く。

それから自転車に乗って、何もなかったように下校を続けた。

分かれ道で二人と別れたあと、俺は進路を駅の方角に定めた。距離的には星原のほうが早く着く。あまり待たせないよう、立ち漕《こ》ぎで向かった。

ジョイフルに着くと、奥のボックス席で星原が待っていた。

「星原」

近づいて声をかける。星原は先にドリンクバーを注文していて、コーラを啜《すす》っていた。俺に気づくと、ストローから口を離した。

「あ、紙木《かみき》くん。ごめんね、急に呼び出しちゃって」

「いいよ、どうせ暇だし」

鞄《かばん》を下ろして席に座る。

とりあえず俺もドリンクバーを注文して、ホットコーヒーを入れてきた。砂糖とミルクをかき混ぜて、コーヒーを一口啜る。

「星原はテスト勉強やってる？」

いきなり用件を訊《き》くこともない。とりあえず軽い雑談から切り出してみたのだが、ぴしっと亀裂《きれつ》が入ったみたいに星原の顔が引きつった。

「全然やってないや……どーしよ……」

一気に元気がなくなった。まずい。この話題は悪手だったみたいだ。慌ててフォローに入る。

「ま、まだ時間あるし、そんな深刻にならなくても大丈夫だって」

「ほんとにやばいんだよ〜、今回のテスト。どの科目も範囲広いし。赤点だけは避けたい……」

「あー……赤点取ったら冬休みに補習あるしなぁ。星原は家が遠い分、学校に行くのめんどくさそう」

「そうなんだよ。どこでもドアがあったらいいのに……いや、必要なのは暗記パン……？」

現実逃避が始まっている。テストの話題を掘り下げるのはやめておこう。

「ところで、どうして俺を呼んだんだ？」

「あ、そうそう」

星原は気を取り直すようにコーラを啜った。そして、ずいと身を前に出す。

「最近、汐ちゃんとはどう？」

なんとなく予想していたが、やはり汐関係か。だが質問が大ざっぱすぎて、いまいち意図が読めない。

「どう、って？」

「昨日さ、汐《うしお》ちゃんにマフラー貸したでしょ？　そのときのこと教えて、って言ってもなかなか話してくれなくてさ。別にものすごく気になるわけでもないんだけど、話さないってことは何か理由があるんだろうなーって思っちゃって。それに今日の汐ちゃん、なんか落ち着きなかったし」

「それで、俺に話を？」

「そそ。まぁ電話でもよかったんだけどね。直接会ったほうが、ごまかされないと思って」

「別に、ごまかすつもりはないけど……」

と言ったものの、話しづらいことが結構ある。どこまで説明していいのだろう。星原《ほしはら》の反応を見るに、おそらく汐は夕食に呼ばれたことしか話していない。

「じゃあ、なんで一緒にご飯食べることになったの？」

「うーん、それは…………成り行きで？」

「ほら！　早速ごまかしてる！」

「いや、ほんとにそういう感じなんだよ……俺の母さんが、汐を夕食に誘ったんだ。それで汐がオーケーしたから、一緒に食べた。それだけだよ」

「ふーん……？」

まだ納得していないみたいだ。

星原は空気を読むことに長《た》けている。それは人の感情の機微に敏感ということでもある。変に言葉を濁したらすぐ疑われそうだ。

あまり気は進まないが、ここはできるだけ正直に話そう。

「……前に、汐が能井《のい》に競走で勝ったら言うこと聞く、って約束してたんだ。で、実際に勝っただろ？　そしたら汐は、彩花《あやか》に会いたいって言ってさ。あ、俺の妹な」

「紙木《かみき》くんの妹？　汐ちゃんと仲いいの？」

「まぁ、彩花が一方的に慕ってる感じだけどな」

「え？　じゃあなんで汐ちゃんは会いに行ったの？」

「それは……」

今なら分かるが、たぶん彩花に会うのは口実だ。汐が本当にしたかったことは、別にある。だがそれを口にするのはためらわれた。だってハグだ。星原といえど、汐の了承も得ずに他言していいものか……。

悩んでいたら、じっと星原が俺を見ていることに気がついた。不信感のこもった視線だった。

「……やっぱり、何か隠してる」

「そ、そんなことないが」

「顔に書いてあるよ」

ほぼ確信しているみたいだ。自分の分かりやすさが恨めしい。

冷や汗を背中に感じながら「あはは……」と愛想笑いを浮かべていたら、星原《ほしはら》は諦《あきら》めたようにため息をついた。

「……まぁ、どうしても言えないならいいけど」

お、引き下がってくれたみたいだ。

ひそかに胸を撫《な》で下ろすと、星原は気を使うように笑った。

「いくら友達でも、言えないことくらいあるよね。それに紙木《かみき》くんのこと、困らせたくないし。しつこく訊《き》いて悪かったよ。ごめんね」

「いや、そんな謝らなくても……」

「ううん。私、ちょっと出しゃばりすぎちゃった。こういうとこ直さなきゃなーって思ってるんだけどね……」

星原の顔から元気がなくなっていく。

ざ、罪悪感がすごい！　怒られたり拗《す》ねられたりするのには耐えられるが、悲しませてしまうのは想定していなかった。ぐら、と心が揺れる。

脳内で激しい葛藤《かっとう》が始まる。しばらく悶々《もんもん》と悩んだ末、俺はゆっくりと口を開いた。

「……実は」

「は、ハグ!?」

「こ、声が大きいって」

驚愕《きようがく》する星原に、俺は声を抑えるよう促す。

結局、話してしまった。汐《うしお》が俺を好きになった理由を二時間近く語ってくれたことは伏せたが、この様子だとそこまで説明しなくてもよさそうだ。

星原はテーブルに身を乗り出して、動揺で見開かれた目を向ける。

「ハグって、どういうハグ？」

「ど、どういう？」

「その、ほら、いろいろあるじゃん。なんかこう、スポーツ選手が試合終わりに敵選手とやるような感じのやつなのか、それともお母さんとお父さんがするようなやつなのか……」

前者は分かるが、後者はピンと来ない。俺の両親はハグをするような習慣はない。星原家にはあるのだろうか。仲いいな。

「まぁ、あれは……友好というか、親愛のハグ、なんじゃないかな。わりと長いこと抱き合ってた気がするし……」

「何秒くらい？」

「えーと、たぶん五秒以上は……」

「力は？」

そこまで細かく訊く必要あるか？　と突っ込みたくなったが、飲み込む。星原にとって汐は大切な友達であり、かつての片思いの相手だ。ここは答えてあげるのが優しさというものだろう。なんの罰ゲームだよと思わなくもないが。

「……結構、強かったな。ちょっと息苦しくなるくらいで、心臓の音、聞こえてた。脚も股下まで入ってきてたし……」

うひゃ～、と星原《ほしはら》は情けない声を出して、両手で口を覆った。

「……なんか、エッチじゃない？」

「そっ、そんなんじゃないって！」

反射的に否定したものの、わりとスケベな雰囲気になっていたような気がしなくもない。そう考えると顔が熱くなってきた。

「もういいだろ、ハグの話は……」

「えー！　もっと訊《き》きたいことあるのに……」

これ以上話すのは汐《うしお》に対して後ろめたさがある。それに、星原は興味本位で訊いているみたいだし、無理して答える必要もないだろう。

「でもさ、紙木《かみき》くん」

一転して、星原は真面目《まじめ》くさった顔をした。冗談やはぐらかすことを許さないオーラを感じて、俺は息を呑《の》む。

「さすがに、分かるよね。汐ちゃんが、紙木くんのことどう思ってるか」

「……分かってるよ。俺も、そこまで鈍感じゃない」

前々から分かっていたことだ。ずっと目を逸《そ》らしてきたが、今はもうちゃんと汐に向き合うと決めた。どんな選択をしても悔いが残らないように──いや、違うか。俺はただ、曖昧《あいまい》にごまかし続けることが嫌《いや》になったのだ。それに、悔いのない選択などない。

「それで、紙木くんはなんて答えたの？」

「まだ時間がほしい、って伝えた」

「保留ってこと？」

「まぁ、そうなる」

う〜〜ん、と星原は大きく唸《うな》った。腕を組んで、眉間《みけん》にしわを寄せる。

「それ、汐ちゃん的には辛《つら》いと思うよ」

「……だろうな」

それに関しては申し開きのしようがない。だが俺にも進展させたい意思はある。

「返事は……いつできるか分からないけど。一応クリスマスに汐と出かけることにしたんだ」

「へえ！　デートするんだ」

「まぁ、一般的にはそう言うのかな……」

一般的にも何も、汐にはっきりとデートと言った。だが改めて口にするのは恥ずかしくて、つい濁してしまう。すると星原は、咎《とが》めるような視線を俺に注いだ。

「クリスマスに二人で出かけるんだから、れっきとしたデートだよ。ちゃんと認めなきゃ、汐《うしお》ちゃん可哀想《かわいそう》だよ」

そ、そういうものなのか。

反省して、言い直す。

「今度、汐と、デートします」

「はい、よろしい」

小さな子供を褒めるみたいに、星原《ほしはら》は微笑《ほほえ》んだ。

俺はカップを持ち上げて、ホットコーヒーを飲む。少し冷めて、飲みやすくなっていた。

ふと、半年ほど前のことを思い出す。あのときも星原に呼び出されてこのファミレスを訪れていた。たしか当時は、汐が世良《せら》に告白された件で、星原の相談に乗っていた。あの頃《ころ》から俺たちの関係は徐々に変化してきたが、星原が汐を大切に思う気持ちは、少しも変わらない。

「紙木《かみき》くんは、好きな子とかいるの？」

不意打ちのような質問に、俺はコーヒーをこぼしそうになった。

「す、好きな子？　なんで？」

「いや、他に好きな子がいるなら、返事を先送りにするのも仕方ないかなーって思ったんだけど……え、いるの？」

「いないよ」

少し、声が裏返った。

嘘《うそ》をついているわけではない。だけど星原に訊《き》かれると動揺してしまう。俺が星原に恋心を抱いていた時期は、たしかにあったからだ。今は、違うと言い切れる。星原は俺にとって大切な友達で、そこに恋愛的な情念はない。あってはならない、とさえ思っている。せっかく築き上げた友情に亀裂《きれつ》を生じさせたくないし、今、気にするべきは星原ではなく汐との関係だ。

だから、星原のことは、もういいんだ——。

星原はしばらく疑うような目で俺を見つめていたが、ふっとテーブルに視線を落とした。

「ま、いいや」

そう言って、またコーラを啜《すす》る。最後まで飲みきると、じゅこ、とストローが音を立てた。

視線を俺に戻して、星原は気を使うように笑った。

「いろいろ言っちゃったけど、私は紙木くんの意思を尊重するよ」

「……ありがたいよ」

俺もコーヒーを飲みきる。

窓の外は、すっかり暗くなっていた。

＊

日々は静かに流れていき、一二月に入った。

その日の放課後も、俺たちはいつもの三人で下校していた。木枯らしは落ち着いてきたが、日に日に寒くなっている。手袋をしていても、自転車のハンドルを握る手は冷たかった。

「そういえば、言おうと思ってたことがあるんだけど」

と、汐《うしお》が切り出して、俺と星原《ほしはら》に視線を巡らせる。

「雪《ゆき》さんが二人のこと夕食に誘ってるんだけど、どうする？」

「え、夕食？　汐ちゃん家で？」

「うん。前に咲馬《さくま》の家でごちそうになったから、そのお返しみたいな感じで。夏希《なつき》にも、普段お世話になってるから、雪さんがぜひ来てほしいって」

無理にとは言わないけど、と汐は付け足す。

断る理由もない。俺は二つ返事でオーケーした。すると汐の表情がわずかに強張《こわば》った。

「ほんとに来てくれる？」

「え？　うん、行くけど……」

「そっか、来るんだね。うん……分かった」

なんだか意味深な言い方だ。

あ、もしかして。汐の家で食事となれば、おそらく妹の操《みさお》ちゃんも同席する。汐が乗り気でないのはそれが理由かもしれない。汐と操ちゃんの不仲は、俺たちのあいだでは共有されている事実だ。

　星原もそれを察したのか、心配そうに汐を見た。

「操ちゃんのこと、気にしてるの？」

「まぁ……そうだね。恥ずかしながら。前みたいに、空気がギスギスしたら申し訳ないから」

　前、というのは雪さんの車で送迎してもらったときの話だろう。操ちゃんと乗り合わせたときの緊張感は、たしかに胃に来るものがあった。

　汐の妹の操ちゃんは、汐のことを過度に嫌っている。小学生の頃《ころ》は『尊敬』や『思慕』といっていいほど汐を慕っていたが、今では真逆の態度を取っている。今の汐の生き方を、認められないからだ。そこに反抗期やおそらく思春期の不安定な情緒が重なって、今では全方位に敵意を振り撒《ま》いている。

　槻ノ木《つきのき》家の家で食事を取る、ということは、そんな操ちゃんと同席するということでもある。

「まぁでも、前ほど空気は悪くならないと思うよ。お父さんの前なら、操は大人しいから」

　へえ、と星原が声を漏《も》らす。

「あの操ちゃんが……汐ちゃんのお父さんって、厳しい人なの？」

「いや？　全然そんなことないよ」

「あ、じゃあお父さんとは仲がいいとか？」

「うーん、別にそういう感じでもないな……ちょっと説明が難しいけど、操はお父さんに気を使ってるところがあるんだよ。ぼくもそうだけど、不登校になってたとき、いろいろ迷惑かけちゃったから」

「あ、そうなんだ……」

不登校、という言葉に反応したのか、星原《ほしはら》は声の調子を抑えた。あまり深掘りしないほうがいいと思ったのだろう。

「それより、夏希《なつき》はどうする？　うち来る？」

「行きたい！　って言いたいところだけど、遠慮しとくよ。私は特に何もしてないし」

「え、来ないの？」

汐《うしお》は残念そうに言った。

「夏希がいると雰囲気が和《なご》やかになるから、来てくれるとありがたいんだけどな」

「私がいてもそんなに変わらないと思うよ？　前もそうだったし」

「そんなことないよ。少なくとも咲馬《さくま》より頼もしい」

「う……悪かったな、頼りなくて」

星原は「どうしよっかなぁ」と呟《つぶや》きながら迷いを見せている。てっきり喜んで誘いに乗るものかと思っていたから意外だ。ひょっとしたら、俺と汐をくっつけたくて遠慮をしているのかもしれない。

なんだかデジャブを感じた。夏休みにも似たような出来事があった気がする。星原の気持ちは分からなくもないが、それは不要な配慮というものだ。

「俺も星原がいてくれたら助かるけどな」

「ほら、咲馬もそう言ってるよ」

「うーん……」

星原は難しそうな顔で考えている。頭から湯気が立ち上りそうなくらい真剣だ。そこまで悩むことではないだろ、と思いつつ、何事にも一生懸命な星原らしくて頬《ほお》が緩みそうになる。

「雪《ゆき》さんの料理、結構おいしいよ」

「え？」

「あの人、料理が趣味だから。お客さんが来るってなると、きっとすごいの出てくるよ」

「……もしかして、ご飯で釣ろうとしてる？」

すう、と汐は静かに星原から目を逸《そ》らした。図星みたいだ。

星原はため息をつく。

「そんな……そんな分かりやすい手に引っかかるほど単純じゃないよ。ていうか汐ちゃん、私のこと食いしん坊だと思ってない？」

「まぁ、ちょっとだけ」

俺もそう思っていた。以前ファミレスで文化祭の前夜祭をしたときも、汐の二倍くらい食べていた記憶がある。あと学校の昼休みのときに見る星原の弁当は結構でかい。

「言っとくけど、私は人よりちょっとたくさん食べるだけで、食い意地が張ってるわけじゃないんだからね。それに、一度決めたことはそう簡単に曲げたりしないの。まったく、そんなふうに見られてただなんて心外だなぁー」

「悪かったよ。じゃあ夏希《なつき》は来ないということで」

「いや行く」

即答だった。さっきのセリフはなんだったんだよ。

星原《ほしはら》はコホンと咳払《せきばら》いする。

「せっかく誘ってくれたんだから、断るのはよくないよね。据え膳食わぬはってやつだよ」

簡単に手の平を返したうえに、ことわざの使い方が間違っている。だけど汐《うしお》はそのことには触れず「助かるよ」とだけ返した。とんだ茶番だが、俺も星原がいたほうが心強い。

「それで、日にちは決まってるのか？」

「うん。来週の金曜にするつもり。一応、テスト期間は避けとくみたいで」

「来週の金曜……ってなると、テストの最終日か」

テスト終わりの楽しみ、ということにしておこう。

「あ」

と何か思い出したように星原が声を上げる。

「どうしたの？」

「テスト勉強、全然進んでないや……」

星原は自転車のハンドルに頭がつきそうなくらい、がっくりとうなだれた。

「はあ〜〜もうダメだ。終わりだ……」

「まだ始まってもないのに……」

苦笑いする汐。可哀想《かわいそう》になってきたのか、「分からないとこがあるなら教えるよ」と助け船を出した。すると星原は、すぐさま頭を上げてぱあっと顔を輝かせた。

「ほんと!?　助かる〜！　やっぱ持つべきものは友達だよ……」

大げさなくらい感激している。今に始まった話でもないが、感情の変化が激しい。

「そうだ！　せっかくだし三人でテスト勉強しない？　そのほうが捗《はかど》るし賑《にぎ》やかでいいよ」

「テスト勉強なのに賑やかにする必要あるか？」

思わず突っ込んでしまうと、星原は機嫌を損ねたように頰《ほお》を膨らませた。

「あるよ。楽しく勉強したほうが覚えやすいもん。紙木《かみき》くんだって英単語を覚えるのに苦労してもポケモンは簡単に覚えられるでしょ？」

「たしかに……」

それとこれとはまた話が違うような気もするが……まぁ似たようなものか。

汐が星原に視線を送った。

「どこで勉強するの？　ファミレス？」

「そこでもいいんだけど……今回は別のとこにしてみない？」

「というと？」

星原《ほしはら》はちょっと照れくさそうに言う。

「私ん家《ち》とか、どうかな？」

＊

ということで、俺と汐《うしお》は星原の家を訪れることになった。

汐と椿岡《つばきおか》駅で待ち合わせてから一〇分ほど電車に揺られて、星原家の最寄り駅にたどり着く。そこからまたしばらく歩く。勉強会は午後一時からの予定だ。今日は土曜日なので、俺も汐もすでに自宅で昼食を済ませていた。互いに教材を詰めたリュックを背負い、住宅街を進む。

今日は一二月のわりには暖かい日和で、そのせいか、時おり子供たちの賑《にぎ》やかな声が聞こえた。この辺りは俺と汐が住んでいる地域よりも、街全体が潤っている雰囲気がある。

「たしか、ここらへんだよな」

「うん、もうすぐ着くはず」

以前、雪《ゆき》さんに送迎してもらった際に、星原の家の前まで来たことがある。だから俺も汐も、大まかな住所は把握していた。もちろん具体的な場所も事前に教えてもらっている。

「ちょっと緊張してきたな。菓子折りでも持ってきたほうがよかったかな……」

「いらないでしょ……お見舞いに行くんじゃないんだから」

汐に呆《あき》れられる。まぁ、半分は冗談だ。

「汐は星原ん家《ち》に行ったことあるのか？」

「うん、前に一度ね。そのときはマリンやシーナたちとも一緒だったよ」

「へえ。じゃあ結構いろんな人が来てんだな」

「どうだろ。誰でも誘うって感じでもないし、仲のいい人限定じゃないかな」

「なるほど」

星原とはもうある程度の信頼関係は築けていると自負しているが、自宅に招く基準みたいなものもクリアできてたんだな、と思うと、少し嬉《うれ》しくなった。

「あ、ここだ」

汐の声で足を止める。目の前には、立派な住宅があった。玄関の表札には『星原』とある。

玄関のドアホンを鳴らす前に、改めて星原の家を観察する。新築のように壁が白くて、庭の芝生は綺麗《きれい》に手入れされている。俺の家はともかく汐の家もなかなか立派だが、それに比べても星原の家は二段ほどグレードが高い。

下世話にも家の検分をしている隣で、汐は玄関のドアホンを押す。ピンポーン、と音が鳴って、スピーカーが反応した。

『はーい、今行く！』

星原《ほしはら》の声だ。間もなくして家のドアが開いて、星原が出てきた。厚手のニットにゆったりしたパンツを合わせている。星原の制服以外の姿を見るのは初めてではないが、目にするたびにちょっと気分が上がる。

「よく来たね！　さ、入って入って」

星原に手招きされて、俺たちは玄関を抜ける。そのまま「おじゃまします」と汐《うしお》と挨拶《あいさつ》を重ねて、家に入った。

「いやー、悪いね。わざわざ来てもらって」

「ううん。それより珍しいね、夏希《なつき》が家に誘ってくれるなんて」

階段を上りながら、二人は会話を始める。家の中は外観に違《たが》わず広々としていて、清潔感があった。少し静かなように感じるが、親は不在にしているのだろうか。

「今度、汐ちゃん家《ち》でごちそうになるでしょ？　呼ばれるだけだと申し訳ないから、私も二人のこと招待しちゃおうかなーって思ってね」

星原はちょっと自信なさげに眉《まゆ》を下げる。

「まぁ大したおもてなしはできないし、移動すること考えたら逆に迷惑だったかも……」

「そんなことないよ。夏希の部屋にある漫画どれも面白いから、久しぶりに来られて嬉《うれ》しい」

「マジで!?　ラインナップ増えてるからたくさん読んで！」

「う、うん。テスト勉強もやりつつね……」

二階に到着。奥の部屋に入っていく星原に続くと、ほわんとした甘い香りが鼻腔《びくう》を撫《な》でた。

星原の部屋は物が多かった。ラックには可愛《かわい》らしい雑貨が積まれ、ベッドの上にもこれまた可愛らしいクッションが並んでいる。壁にかけられたコルクボードには、友達と撮った写真がたくさん貼《は》り付けてあった。なんというか、すごく女の子らしい部屋でドギマギする。

「適当に座ってて。飲み物入れてくるよ」

「ああ」

俺と汐はローテーブルの前に腰を下ろした。もこもこしたラグのおかげで座り心地がいい。汐がテーブルに教科書を並べる横で、俺は物珍しさにまた部屋をきょろきょろしてしまう。

ラックの横に本棚がある。ラインナップを注視してみると、基本は漫画だが思いのほか小説が多かった。しかもその中には、俺がオススメしたタイトルもある。実際に読んだ感想を聞いているので、あるのが自然なのだが。自分でもびっくりするくらい感動してしまった。それでつい「おお……」と声が漏《も》れる。

「咲馬《さくま》……じろじろ見ちゃうのはもう仕方ないと思って諦《あきら》めるけどさ。さすがに声まで出ると夏希が引くよ」

と、汐が引き気味に言う。耳の痛い忠言だった。

「ご、ごめん」

「いや、ぼくに謝られても……」

それはそうだ。

俺は部屋を見渡すのをやめて、テーブルに教材を並べた。星原《ほしはら》は戻ってきていないが、先にテスト勉強を始めておこう。まずは物理だ。汐《うしお》も俺に合わせて、物理の教科書を取り出した。

早速、ノートに赤シートを当てて、単語の暗記に勤《いそ》しむ。だが場所が場所だからか、なかなか脳のスイッチが入らない。まだ時間はたくさんあるし、もうしばらく雑談に花を咲かせるか。

「汐は雑貨とか興味ないのか？」

「雑貨って？」

汐は手を止めてこちらを見る。

「星原の部屋にはたくさんあるだろ？　猫のティッシュカバーとか、ちっちゃいサボテンとか……それにほら、あの瓶に棒が刺さってるやつ」

「ルームフレグランス？」

「そうそれ」

あまり興味がないのか、汐は退屈そうにテーブルを撫《な》でた。

「特に欲しいとは思わないかな。物が少ないほうが落ち着くし」

「あー、あんまり物欲ないって言ってたな。でも昔は汐の部屋にゲームとか漫画とかいっぱいなかったっけ？」

「小学生のときの話でしょ？　今とは違うよ。あの頃《ころ》は操《みさお》と相部屋だったし」

「まぁ、それもそうか」

俺がまだ勉強する気がないことを察したのか、汐は立ち上がった。そしてラックに並ぶ雑貨を、近づいて眺める。

「でも、少しはあったほうがいいのかもね。何もない部屋じゃ、友達を呼んだとき面白みのない人だって思われるかもしれないし」

「そんなことあるか？」

「あるんじゃない？　部屋ってその人の個性が出るでしょ」

言われてみればそうかもしれない。実際、この部屋にも星原の性格が表れている。明るく賑《にぎ》やかで、見ているだけで癒《い》やされそうなグッズが多い。なんて、ちょっとこじつけかもしれないけど。

「何か欲しいものとかあるのか？」

「うーん……そう言われると、ぱっとは浮かばないけど……」

汐が悩んでいるうちに、星原がお盆を携《たずさ》えて部屋に戻ってきた。

「お待たせ！　紅茶入れてたら遅くなっちゃった」

そう言って、星原はテーブルの空いているところにお盆を置いた。カップに注がれた人数分の紅茶からは湯気が立ち上っている。さらに紅茶のそばには、焼きプリンが添えられていた。

汐《うしお》が「あ」と何か気づいたように声を上げる。

「この焼きプリン、めちゃくちゃ人気店のやつだ」

「あ、知ってるんだ？　友達を連れてくるって言ったらお母さんが買ってきてくれたんだぁ。私も食べたことないから楽しみ。ほら、食べよ」

こういうのって三時のおやつに出すものなんじゃないか、と思ったが、そんなことを言うのは野暮だろう。勧められるがまま俺は焼きプリンに手を伸ばし、汐もテーブルの前に座った。


「それで、まずここを積分して……」

「ふんふん」

テスト勉強を始めてから、そろそろ二時間が経《た》つ。集中力が切れてきたので、俺は一旦《いったん》手を止めて小休止に入った。

一応、テスト勉強は順調に進んでいる。たまに星原《ほしはら》が分からないところを挙げて、それを俺か汐が教える形になっていた。ただ汐のほうが説明が分かりやすいので、答えるのは大体汐に任せている。今は数学を教えているみたいだ。

「——そしたら2を代入したものを引いてあげる」

「お～、なるほどなるほど……」

「分かった？　じゃあここの答えは？」

「3分の26！」

「違うなぁ」

星原は「ぐえ〜」と悲鳴を上げて後ろに倒れた。両手で顔を覆って、動かなくなる。

「さっきのなるほどはなんだったの……？」

「すみません……頭がパンクしそうです……」

かなり苦戦しているみたいだ。まぁ難しいよなぁ、積分法。

汐はぽりぽりと頬《ほお》をかいて、壁にかけられた時計を見た。

「ちょっと休憩しようか」

星原はダウンしたまま「さんせ〜」と同意する。俺も異論はなかった。

汐は本棚から少女漫画を取ってきて、読み始めた。雑談に興じる空気でもないので、俺は手持ち無沙汰《ぶさた》に携帯をいじる。星原は、今は頭を休めているのか、眠ってしまったように静かになった。

最初は星原の部屋に入っただけで緊張していたが、案外すぐに慣れるものだ。こんなふうに友達の家でアンニュイな時間を過ごすのは、すごく久しぶりな気がする。楽しくお喋《しゃべ》りしたりゲームをしたりするのも悪くないが、何もせずだらだらと過ごすのも悪くない。

しばらく心地のいい沈黙を味わっていると、「夏希《なつき》は……」と汐が口を開いた。

「大学、どこにするか決めたの？」

漫画を読みながら、何気ない雑談でも始めるみたいに言った。

言われてみれば、俺は星原《ほしはら》の進路を知らない。大事なことなので、自分から訊《き》くのは少し抵抗があった。

星原は寝転がったまま答えた。

「……まだ。一応、進路調査票は埋めたけど、ちゃんと決めないとやばいよね」

憂鬱《ゆううつ》そうな口調だ。

星原の言うとおり、時期的にそろそろ決めたほうがいい。椿岡《つばきおか》高校は地元じゃ進学校で通っているから、進路に関して教師陣は神経質になる傾向がある。おそらく星原も、担任の伊予《いよ》先生から早く決めるよう催促されているだろう。

「じっくり考えてもいいと思うよ。大事なことだしね」

汐《うしお》がフォローを入れた。

星原は身体《からだ》を起こして、寝起きみたいにぐぐーっと背伸びをした。ふはあ、と息をついて、俺と汐に目をやる。

「二人とも東京の大学に進むんだよね」

「あれ、知ってたのか？」

「うん。汐ちゃんから聞いた」

ああ、そういうこと。

「星原《ほしはら》も上京したい気持ちとかあるのか？」

「う〜ん、どうだろ……一人暮らしはしたいけど、東京にこだわってるわけじゃないしなぁ。でも東京は選択肢が多いから、結局上京することになるのかも」

「まぁ、一口に東京って言ってもたくさん大学あるからな」

「……少なくとも」

はっきりとした口調で、星原は続ける。

「この町に残ることは、ないだろうね」

その言葉に、俺は揺らがないものを感じた。

別に、星原は地元が嫌いなわけではないのだろう。だけどこの町に留《とど》まれば、成長や進展が望めないことを、たぶん理解しているのだ。その点では、星原も俺と同じだ。

ぱたん、と汐《うしお》が漫画を閉じる。

「そろそろ再開しよっか」


その後もテスト勉強は順調に進んだ。最初はもっと遊び交じりに進行するものかと思っていたが、意外にも星原は真剣に取り組んだ。汐の厚意に応《こた》えようとしているのもあるだろうが、よほど今回の定期考査に危機感を持っているみたいだ。

午後五時を回った頃《ころ》、外で「よい子はお家に帰りましょう」のチャイムが鳴った。すでに日が暮れて、窓の外は薄暗くなっている。

「うん、正解」

「やった！　これでもう数学はいけたでしょ」

星原は小さくガッツポーズする。嬉《うれ》しそうだが、少し表情に疲れが出ていた。

「平均点は間違いなく取れるよ。今日覚えたことさえ忘れなければ」

「う……ちゃんと復習します」

これだけしっかり勉強すれば、よほどのことが起きないかぎり赤点は免《まぬが》れるだろう。まぁ俺はほとんど傍《はた》から聞いていただけなので、実際はなんともいえないが。

「キリのいいとこまでやれたし、そろそろお開きにしようか」

「ん、そうだな」

俺はノートを閉じる。星原もこれ以上続ける気はないようで、教材の片付けを始めた。

忘れ物がないことを確認して、俺たちは部屋を出る。玄関まで見送ってくれるみたいで星原も一緒についてきた。

階段を下りると、玄関から物音が聞こえた。

帰ってきた、と星原が呟《つぶや》く。

星原は一人っ子なので、家に誰かが帰ってきたとなると、それは親だろう。廊下を少し進むと、玄関で靴を脱いでいる男女の姿があった。星原の両親だ。なぜか父親のほうが、母親を支えるように肩を組んでいた。

「あ、なっちゃん！　たらいま〜」

舌足らずで挨拶《あいさつ》をすると、星原《ほしはら》のお母さんは靴をほっぽり投げるように脱いで、こちらに駆け寄ってきた。コートを着ていても分かるスタイルのよさに、星原の面影を感じる。ただ、なんだろう、少し顔が赤いような……。

「もー、また昼間から飲んできたの？」

「ちょびっとらけらよぉ」

顔が赤いのはそれが原因か。よく見れば身体《からだ》もふらついている。

「絶対ちょっとじゃないよ……ほら、早くお水飲んできて。また二日酔いになっちゃうよ」

「うう、なっちゃん優しい〜」

あ、今の言い方ちょっと星原っぽかったな……などと思っていたら、急に母親が星原に抱きついた。大胆なスキンシップを目の当《ま》たりにして俺は面食らう。星原家では普通のことなのだろうか、と一瞬思ったが、星原もびっくりしていた。

「うわ、ちょ！　離れ——酒くさ！」

「愛してるぞ〜〜ちゅっちゅ」

「ぎゃ〜！」

賑《にぎ》やかな親子だな……。

星原は無理やり母親を引き剥《は》がすと、玄関で靴を揃《そろ》えている父親のほうを向いた。

「んも～！　お父さんちゃんと押さえててよ！　友達来てるんだから！」

「ごめんごめん。ほらママ、行くよ」

「は～い……あれ？　お友達来てたの？　ゆっくりしていってね～」

「今から帰るの！」

その場にわずかな酒臭さを残して、両親は手前の部屋に入っていった。

星原はぷりぷりと怒りながら、玄関へと向かう。不機嫌そうなその背中を、俺と汐《うしお》は追う。

外に出ると、冷たい空気が全身を取り囲んだ。空には一番星が輝いている。門の前で星原はくるりと回れ右して、俺たちのほうに身体を向けた。薄暗いなかでも分かるくらい頬《ほお》が紅潮している。

「う～、恥ずかしいとこ見られちゃった……。お母さん、酔うといっつもあんな感じになるんだよ」

「夏希《なつき》のこと、すごく可愛《かわい》がってたね」

茶化すつもりはなく、汐はわりと真剣に言っているみたいだった。

「ただのウザ絡みだよ。汐ちゃんのお母さん――あ、雪《ゆき》さんはお酒飲むの？」

「雪さんは……」

一瞬、何か思うところがあるように汐は表情を曇らせた。だけどすぐ言葉を続ける。

「たまに飲んでるよ。酔ってるところは、見たことないけど」

「そっか。ほどほどが一番だよ。本当に」

しみじみと星原《ほしはら》は言う。

お酒か……俺の母親はほとんど飲まない。代わりにタバコばかり吸っている。どちらがマシという話ではないが、星原の言うとおりほどほどにしてもらいたいところだ。

星原に別れを告げて、俺と汐《うしお》は帰路についた。駅に行き、電車に乗る。土曜のわりに混んでいた。俺と汐はつり革を掴《つか》んで、最寄り駅に到着するのを待った。

「夏希《なつき》が優しい理由、分かった気がする」

なんの脈絡もない発言に、思わず「え?」と聞き返した。

「この前、テレビで言ってたんだけどさ。人がどれだけ他人に親切にできるかって、幼い頃《ころ》にどれだけ親に愛されたかで決まるらしいよ」

「ああ……まぁ、そういう話は聞くな」

「夏希は、きっとたくさん愛されたんだよ。だから、あんなに優しいんだ」

それはちょっと……いや、だいぶ物事を単純化しすぎじゃないだろうか。だけど汐は、至って真面目《まじめ》な表情だった。冷静な分析だと言わんばかりだ。でも、どこか投げやりな言い方にも聞こえた。突き放したような、とも表現できる。

「なんか、希望のない話だな」

適当な相槌《あいづち》で流してもよかったが、俺としても少々思うところのある話題だったので、正直な感想を口にした。

「どうして？」

「だってそれじゃあ、親の育て方で子供の性格が決まるようなもんだろ？　愛されなかった人は、どうすれば他人に優しくなれるんだよ」

「親以外の人に愛されたらいいんだよ」

「優しくない人に、それは難しいんじゃないか」

汐は沈黙する。

ややあって、ふっと笑った。

「そうかもね」

「ほらな？　希望のない話だ」

ごとん、と電車が揺れる。

一体なんの話をしてるんだ、と自分に突っ込みたくなる。親がどうとか愛されるとか、高校生の俺たちには身の丈に合わない話題だ。どうして汐は急にそんな話を始めたのだろう。

俺は視線を悟られないよう、さりげなく汐の横顔を見つめる。汐は相変わらず、じっと外を眺めていた。いや、外ではなく、窓に反射する自分の顔を見ているのかもしれない。

汐は、ちゃんと愛されたのかな？

ふと湧《わ》いた疑問に、そうに決まってる、と自答する。

「心配しなくても、汐《うしお》は優しいぞ」

「何、急に。別にそんな心配してないけど……」

「え？　これってそういう話じゃなかったの？」

「違うよ」

「マジかよ。心配して損したぜ」

変なの、と汐が笑う。

ほどなくして、降車駅の到着を告げるアナウンスが流れた。

＊

「はい、それじゃ答案用紙を前に回して」

先生の号令とともに、最後のテストが終わった。

教室の空気が一気に弛緩《しかん》する。解放感に浸る生徒や、力尽きたように打ちひしがれる生徒がいるなか、俺はまぁまぁの手応《ごた》えを感じていた。星原《ほしはら》の家でテスト勉強した甲斐《かい》があった。

で、肝心の星原は……机に突っ伏してぐったりしている。表情は見えないが、あまり芳《かんば》しい結果ではなさそうだ。

心配した汐が、星原に近づいていく。

「夏希《なつき》、生きてる？」

「……たぶん」

顔を上げる。すっかり疲れ果てた様子だ。

「テスト、あんまりな感じ？」

「とりあえず空白は全部埋められたけど……半分くらい合ってるかどうか分かんない」

「ちゃんと勉強したんだから大丈夫だよ」

「そうかなぁ……うん、そうかも！　よし！　もうテストのことは考えないぞ！」

自分を鼓舞するように言って、星原は自分の頬《ほお》を両手でぺちぺち叩《たた》く。相変わらず切り替えが早くて感心する。……にしても可愛《かわい》い仕草だな。

二人は帰り支度を始めた。まだ午前中だが、テストが終わったので今日の授業は終了となる。部活や委員会活動のない生徒は、あとは下校するだけだ。俺も筆記用具を鞄《かばん》にしまって、立ち上がった。

冬休みまで残り数日。クリスマスも近い。

だがその前に——今夜、汐の家で食事がある。

夜の暗闇《くらやみ》が完全に夕焼けを塗りつぶした午後六時。

俺と星原《ほしはら》は、汐《うしお》の家を訪問した。互いに一度帰宅しているので、私服に着替えている。

星原の表情は硬い。前にも、星原と二人で汐の家を訪れたことがあったが、たしかあのときも緊張していた。さすがに以前よりかは落ち着いているが、動きが少々ぎこちない。

まぁ、気持ちは分かる。遊びに来たわけではなく、今から槻ノ木《つきのき》家の家族と会食するのだ。上手《うま》く話せるかとか、粗相をしないかとか、いろんな懸念があるのだろう。それは俺も同じだ。

「じゃあ、押すね」

星原がピンポンを鳴らす。

少しして、玄関から汐が出迎えた。

「いらっしゃい。どうぞ、入って」

「お、おじゃましま〜す」

妙に慎重な足取りで星原が先に入る。続いて俺も「おじゃまします」と言って家の中に足を踏み入れた。

廊下に上がると、いい匂《にお》いがした。緊張が少し和らいで、胃がごろごろと蠕動《ぜんどう》を始める。そういえば、ご飯を残してしまわないよう念のため昼食を少なくしてきたんだった。

リビングに案内されると、すでにテーブルに食事が並んでいた。大皿に盛られたサラダとカルパッチョ……メインは作っている最中みたいで、雪《ゆき》さんがキッチンに立っている。

「二人ともいらっしゃい！　もう少しでできるから待っててね」

「はい！　楽しみにしてます」

星原が元気に答えると、雪さんはニコッと笑《え》みを浮かべた。

汐がソファに座ったので、俺と星原もソファで待つことにした。テレビではニュース番組が流れている。

俺は軽くリビングを見渡す。

「操《みさお》ちゃんとお父さんは？」

「ご飯ができたら来るよ。まだ自分の部屋にいるんじゃないかな」

「そうか。なんか緊張してきたな……」

「いつもどおりでいいよ。操も大人しくしてると思うから」

と言いつつも、汐の表情はちょっと不安げだった。父親の前なら操ちゃんは大人しくしているらしいが、それでも完全には安心できないみたいだ。

星原が、内緒話でもするみたいに汐に顔を寄せた。

「私、あんまり操ちゃんに話しかけないほうがいい……？」

「うーん……まったく触れないのも機嫌を損ねそうだしなぁ。無難な感じでいいよ。咲馬《さくま》も、操に対してそこまで気を使わなくていいから」

分かった、と俺と星原は頷《うなず》く。

ちょっと操ちゃんに冷たいような気もするが、余計な諍《いさか》いを避けるためだ。ここは汐に従おう。

「お待たせ！　できたよ」

雪《ゆき》さんはそう言うと、廊下に出て「ご飯だよ」と呼びかけた。もうじき操《みさお》ちゃんと父親がやってくるだろう。

ソファから立ち上がる汐《うしお》にちょいちょいと手招きされて、俺と星原《ほしはら》も食卓に移動する。横長のテーブルに、汐、俺、星原の順番で並んだ。肩が触れ合うが、窮屈に感じるほどではない。

階段を下りてくる音が聞こえた。二人分の足音。操ちゃんと父親が、リビングに入ってきた。

「……」

「やあ、いらっしゃい。今日はたくさん食べていってね」

汐の父親とは小学生の頃《ころ》に何度か会ったことがある。たしか槻ノ木新《つきのきあらた》さん……だったか。以前と変わらず、良家の執事みたいな物腰の柔らかい人だ。昔に比べて白髪が増えているが、綺麗《きれい》に整髪されて不潔な印象はなかった。

そして操ちゃんは……相変わらず不機嫌そうだった。俺たちと目も合わさず、汐の正面に座る。新さんは、俺の正面だ。

「ごめん、ちょっと運ぶの手伝ってくれない？」

キッチンから雪さんが言う。「あ、私が」と立ち上がろうとする星原を、「お客さんなんだから」と汐が引き止めて、代わりにキッチンへと向かった。

間もなくして、食事がテーブルの上に並べられる。

魚介のパスタ、コンソメスープ、シーザーサラダ、鯛《たい》のカルパッチョ……月並みな感想だが、本物のレストランみたいだ。豪勢な食事を前に、星原が息を呑《の》んでいる。いや、よだれか。

雪さんが星原の正面に座り、手を合わせた。

「それでは、いただきます」

いただきます、と俺たちは復唱して、フォークを手に取った。

操ちゃんだけは、何も言わず食べていた。


め、めちゃくちゃおいしい……。

パスタをフォークで絡め取りながら、俺は舌鼓を打つ。料理が趣味と聞いていたが、これほどとは……。

「どう？　お口に合うかな？」

雪さんに感想を訊《き》かれて、俺と星原は料理を頬張《ほおば》ったまま何度も頷《うなず》いた。

「めちゃくちゃおいひいです……」

星原が咀嚼《そしゃく》しながら感激した様子で答える。お行儀がいいとはいえないが、雪さんは大層喜んだ。

「よかった〜。久しぶりに気合い入れて作ったんだ。スープのおかわりならあるから、欲しかったら言ってね」

「はひ……」

会話も忘れて星原《ほしはら》は食事に没頭している。数分前の緊張はなんだったんだ。

でもまぁ、これだけおいしいと無理もない。来客時ということを差し引いても、料理のレベルが俺の家とは段違いだ。なんならお茶すらおいしく感じる。

コップのお茶を飲み干すと、新《あらた》さんと目が合った。

「咲馬《さくま》くん、入れてあげるよ」

「す、すみません。ありがとうございます」

コップを差し出すと、ピッチャーからとくとくとお茶を注がれた。お酌されているみたいだ。俺もあとで注いだほうがいいのかな……なんてことを考えているうちに、ピッチャーが下げられる。

「咲馬くんと食事ができて嬉《うれ》しいよ。一度、ゆっくり話をしてみたかったんだ。高校生活はどう？　楽しんでる？」

「まぁ、それなりに……」

「そろそろ受験生だから大変なのかな？　これでも英語は得意だから、もし苦手だったら教えてあげるよ。あ、進路はもう決まってる？」

「ええと……」

「お父さん。咲馬、困ってる」

汐《うしお》が注意すると、新さんは「おっと」と茶目っ気のある声を出した。

「咲馬くんに会えたのが嬉しくてつい舞い上がってしまったよ。失礼したね」

「いや、そんな……こちらこそ、こんなごちそうになっちゃって。申し訳ないというか、なんというか……」

友達の父親に対する距離感がよく分からん……。もっと話を盛り上げたいのだが、いい感じの返事が思いつかなくて本当に申し訳ない気持ちになる。むしろ俺が困らせているのではないかと不安になったが、新さんは優しい笑《え》みを浮かべた。

「気にすることはないよ。君には本当に感謝しているんだから」

「いえ、そんな……」

謙遜《けんそん》しながら、笑ったときの目元が汐に似ているな、と俺は思った。

容姿だけでなく、喋《しゃべ》り方や些細《ささい》な仕草に、汐と似たものがあった。やや酷な言い方かもしれないが、それは雪《ゆき》さんにはない特徴で、血の繋《つな》がりというものを強く感じる。

俺はさりげなく操《みさお》ちゃんを見た。

食事が始まってから、操ちゃんは一言も言葉を発していない。まるで作業のようにフォークを動かしている。お父さんの前では大人しい、というのは本当みたいだ。俺としてはそのほうが助かるのだが、淡々と料理を口に運ぶ姿は、少し寂しそうに見えた。

それに比べて……。

「うう、おいひい……」

星原《ほしはら》は感極まっている。

食事を楽しむのは結構なのだが、もう少し他のところに目を向けてもいいのでは……と思わなくもなかった。というか操《みさお》ちゃんに話を振るとかどうとか言ってなかったっけ……。

「夏希《なつき》ちゃんは本当においしそうに食べてくれるねえ。頑張って作った甲斐《かい》があったよ」

星原は、今度はちゃんと咀嚼《そしゃく》していたものをごくんと飲み込んで、口を開いた。

「ほんとおいしいです……雪《ゆき》さんは料理の天才です。お店開いたら通います」

「わ、褒め上手。そこまで言われると照れちゃうなぁ」

雪さんはすごくニコニコしている。星原の言葉は単なるおべっかではなく、たぶん本心だ。それがきっと雪さんにも伝わったのだろう。

「デザートもあるから楽しみにしててね」

「え！　ほんとですか？」

「うん。ケーキを買ってきたの。あとでみんなで食べましょう」

「そんな、誕生日でもないのにケーキなんて……」

喜びか、あるいは恐れ多さで、星原はわなわなと震える。俺も、震えはしないが内心恐縮していた。そこまで手厚くもてなされるとは思っていなかった。

汐《うしお》も初耳だったのか、「そんなのあるの？」と訝《いぶか》しそうに言った。

「せっかくのお客さんだもの。どうせなら豪勢に行きたいじゃない？」

「……まぁ、別にいいけど」

どこか奥歯に物が挟まったような言い方だった。だが雪さんはそれに気づいていないのか、上機嫌に言葉を続ける。

「夏希ちゃんさえよかったら、またご飯を食べに来てもいいんだよ」

「えー、どうしようかな……」

迷っている、というか戸惑っているみたいだった。どれだけ雪さんの作る料理がおいしくても、何度もごちそうされるのは悪いと思っているのだろう。

「遠慮しないで。こんなにおいしそうに食べてくれる人、初めてなんだもの。毎日だって夏希ちゃんと一緒に食べたいくらいだよ。もちろん、咲馬《さくま》くんもね。やっぱり食事は、賑《にぎ》やかなほうが――」

がたり、と椅子《いす》の引かれる音が、雪さんの声を遮《さえぎ》った。

操ちゃんが立ち上がった。パスタはまだ半分以上残っているし、取り分けたサラダも手つかずだ。何も言わず、操ちゃんは食卓を去ろうとする。

「ちょっと、操」

汐が引き止めた。

「どこ行くの？」

「自分の部屋」

「ご飯は？」

「もういらない。お腹いっぱいだから」

素っ気ない返事をして、操《みさお》ちゃんはこちらに背を向ける。そして歩きだそうとした瞬間。

「待ちなって」

今度は怒ったように言って、汐《うしお》も立ち上がった。

「全然食べてないじゃん。雪《ゆき》さんが頑張って作ったんだから、ちゃんと食べなよ」

「だからお腹いっぱいなんだって。頑張って作ったとか関係ないし……大体、ちょっと浮かれすぎ」

操ちゃんは、鋭い視線を雪さんに向けた。

「ケーキなんか買っても気を使わせるだけだから。それに、いくら星原《ほしはら》さんがおいしそうに食べるからって、そんなにしつこく誘わないほうがいいよ。ちょっと引いちゃってるし」

「操！」

汐が叱《しか》るように名前を呼ぶ。

ああ……まずい。この空気。放っておくと喧嘩《けんか》になる。というか、もうなっている。

操ちゃんの汐に対する当たりはキツいが、汐も汐で操ちゃんに厳しいところがある。汐は、いくら操ちゃんにひどい言葉を吐かれても、怒ったり反論したりしない。だが操ちゃんの矛先《ほこさき》が自分以外に向くと、即座に咎《とが》める。そういう線引きをきちんとしている分、怒るときは容赦がなかった。

「どうして空気を悪くするようなこと言うの？　せっかく楽しく食事できてたのに……今日くらい、いい子にしててよ」

「子供扱いしないで。ていうか、そっちが引き止めたからこうなってんでしょ？　楽しく食べたいなら、ほっとけばいいじゃん」

「ダメだよ。操を孤立させるわけにはいかないんだ。雪さんもお父さんも、そう思って操に優しくしてるんだよ。なんでそれが分からないの？」

「だから、それが余計なお世話なんだって」

「二人とも、落ち着きなさい」

先生のような口調で、新《あらた》さんが二人を諫《いさ》めた。

汐と操ちゃんは口を噤《つぐ》んで、言い争いをやめる。二人とも不承不承といった表情で俯《うつむ》いた。

俺は槻ノ木《つきのき》家のパワーバランスを見た気がした。

「操」

新さんが優しく諭《さと》すように、声をかける。

「お腹いっぱいなら、無理して食べることはないよ。でも、ケーキだけは一緒に食べよう？

甘いものなら、なんとか入らないかな」

「……」

操《みさお》ちゃんはものすごく嫌《いや》そうな顔をしたが、諦《あきら》めたように自分の席に戻った。

「汐《うしお》。家族のことを想《おも》って言ってくれてるのは嬉《うれ》しいけど、あまり強い言葉をぶつけちゃダメだよ」

「……はい」

反省したように頷《うなず》く汐。

なんとか事態は収まって、食事が再開される。俺は、おずおずと自分の料理に手を伸ばした。

操ちゃんを引き止めることには成功したが、ずいぶんと気まずい雰囲気になってしまった。

まぁこうなるんじゃないかとは思っていた。不安定な家族なのは、前々から分かっていたことだ。身構えていた分、食欲を失うほどの心労はないが、それでも少し胃が痛む。

操ちゃんは料理には手をつけず、携帯をいじっている。

さすがにもう言い争いになることはないはず。だけど……俺は斜め前をちらりと見る。

ほんの数分前まで喜びに輝いていた雪《ゆき》さんの目から、完全に光が消えている。痛々しいくらい元気を失っていた。あんなことを言われたら無理もないが……大人が本気で凹《へこ》んでるところ見るの結構キツいな……。

「あ、あの、操ちゃん」

さっきまで食べてばかりだった星原《ほしはら》が、操ちゃんに話しかけた。この状況で何を言うんだろう、と思ったら、

「その、食べないなら、いただいてもよろしいでしょうか……？」

あ、食べ残しをもらうのか……。

ずっこけそうになったが、星原なりに場を盛り上げようとしたのかもしれない。操ちゃんは無言で自分のお皿を星原の前に移した。

「無理しなくていいのよ？」

すっかり意気消沈していた雪さんが、気遣うように言った。

「無理なんてそんな……私、食べるのは大好きなんでこれくらいへっちゃらですよ」

胸を張るように言って、星原は笑顔を見せた。すると雪さんも顔を綻《ほころ》ばせた。

ナイスフォローだ。俺も何か声をかけるべきだろうかとも思ったが、下手《へた》なことを言って操ちゃんを刺激したくない。今は静かに見守ろう。

夕食を食べ終え、ごちそうさまでした、と俺と星原は手を合わせる。

心地よい満腹感だ。汐と操ちゃんの口論が始まったときはどうなるかと思ったが、星原のおかげで空気は徐々に改善されて、賑《にぎ》やかな食卓が戻ってきた。さすがクラスのムードメーカーなだけある。ただやはりというべきか、操ちゃんだけは頑《かたく》なに会話に混ざろうとしなかった。

テーブルを綺麗《きれい》にするときも、置物みたいにじっとして携帯を触っていた。

人数分の紅茶とコーヒーが用意されると、雪《ゆき》さんが冷蔵庫からケーキの箱を持ってきた。

「いろいろ買ってきたの。好きなのを選んでね」

箱を開けて、小分けのケーキを出していく。

欲しい種類が被《かぶ》ることなく、みんなにケーキが行き渡った。俺はガトーショコラを選んだ。

汐《うしお》はチーズケーキ、星原《ほしはら》はいちごのタルトだ。人一倍食べて満腹のはずの星原だが、目をキラキラさせて、いの一番にケーキを口に運ぶ。

「ん〜！　おいしい！」

甘味を堪能《たんのう》する星原を、雪さんがニコニコしながら眺めている。

星原がいるとほんとに空気が和《なご》む。逆に普段の槻ノ木《つきのき》家の食事風景はどんなことになっているんだろうか。想像するのがちょっと怖い。

「ケーキ食べるのいつぶりだろ。文化祭の打ち上げ以来かな……」

一瞬、汐の手が不自然に止まった。ただの気のせいかもしれないが、何に反応したのだろう。

「夏希《なつき》ちゃんのクラスは劇をやったんだよね？」

「そうです！　汐ちゃんのジュリエット、めちゃくちゃ綺麗でしたよ」

「え、ジュリエット⁉」

驚くと同時に、雪さんは汐のほうを向いた。汐はため息をついて額《ひたい》を押さえている。

「ちょっと汐〜、教えてくれたらよかったのに……」

どうやら言ってなかったみたいだ。さっき手が止まったのはそれが原因か。

「言ったら来そうだから……」

「そりゃ行くよ！　見たいじゃん、汐の晴れ姿」

子供みたいにはしゃぐ雪さんの隣で、操《みさお》ちゃんが信じられないような顔をしていた。

「お兄ちゃんがジュリエット？　嘘《うそ》でしょ？」

よほど意外だったらしい。目を白黒させて星原を見つめている。

「ほんとだよ。ちょっと待っててね……」

星原はポケットから携帯を取り出すと、軽く操作してテーブルの真ん中に置いた。画面には、体育館のステージに立つジュリエット姿の汐が映っている。槻ノ木夫妻と操ちゃんは、覗《のぞ》き込むように画面に顔を近づけた。

「わっ！　可愛《かわい》いじゃない！」

「汐は美人だねえ」

嬉《うれ》しそうな二人と違って、操ちゃんは唖然《あぜん》としていた。

「ほんとにやってる……」

「すっごく好評だったんですよ！　汐ちゃんなんかそれで人気者になっちゃったし」

「そ、そこまでじゃないって」

汐《うしお》が慌てたように否定する。だけど星原《ほしはら》の言っていることは若干の誇張は入っていても間違いではないし、人気を得たのは汐も実感していただろう。だからこれは単に恥ずかしがっているだけだ。

「こんなの、おかしい」

操《みさお》ちゃんは険しい目つきで星原を見た。

「男がジュリエットなんて……誰も何も言わなかったの？」

「うーん……一人いたけど、みんな賛成してたからすんなり決まったよ。それにその子も、結果的には認めたしね」

たぶん西園《にしぞの》のことだ。これもまぁ間違いではない。西園は汐に謝罪したので、ジュリエットのキャスティングに関しても結果的に認めたと解釈してもいいはずだ。

「そんなこと……」

操ちゃんの瞳が弱々しく揺れる。いまだに納得していない。

「……ロミオ役の人は、男だったんですよね？」

「え、うん。男っていうか——」

「相手、嫌《いや》じゃなかったんですか？」

明らかに汐を傷つける意図で放たれた発言に、雪《ゆき》さんが「ちょっと操」と咎《とが》めるように言った。けど操ちゃんはまったく意に介さず、追及する。

「ロミオとジュリエットって、男女の恋愛物ですよね。脚本がそのままなのかどうかは知りませんけど、なんか……その、恋愛的なシーンとかもあったんじゃないですか？　いくら周りの人やお兄ちゃんがよくたって、ロミオ役の人は内心嫌々やってたと思いますよ」

操ちゃんはなんだか必死だった。汐がジュリエットを演じたことが――というよりも、汐が女の子として生きて、それを周りが認めていることを信じたくないらしい。

どうして、そこまで意固地になるのだろう。反抗期だとか汐のことが嫌いだとか、理由はそれだけじゃない気がする。ともあれ、今フォローすべきなのは操ちゃんではなく、汐だ。

「それはないよ、操ちゃん」

横から口を挟むと、操ちゃんは俺のことを睨《にら》んできた。

「なんで咲馬《さくま》さんがそんなこと言えるんですか」

「ロミオ役は俺だよ」

操ちゃんは目を見開いた。

「最初は慣れなかったけど、嫌だったわけじゃないよ。むしろ演技力に差がありすぎて、俺のほうがついていくのに必死だった。それに、俺もステージに立ってたから分かるけどさ。汐のジュリエットは、本当に評判よかったよ」

「いや、でも……そんな……」

ここまで説明しても、まだ現実を受け止められずにいる。

星原《ほしはら》はテーブルに置いた携帯を手に取ると、今度は違う写真を操《みさお》ちゃんに見せた。ファミレスで汐《うしお》がクラスの女子たちに囲まれている姿が映っている。汐は撮られていることに気づいていないようで、楽しそうに他の女子と話していた。

「これ、文化祭じゃなくて球技大会の打ち上げなんだけどね。汐ちゃん、バレーでも活躍したんだよ。最終的には負けちゃったけど、みんな汐ちゃんのこと応援してた」

「……っ」

操ちゃんはしばらくその写真を見つめると、突然立ち上がって、逃げ出すようにリビングから出て行った。

「操！」

汐が呼び止めるも、戻ってくる気配はない。階段を上る音がここまで届いていた。

新《あらた》さんが様子を見に行こうと立ち上がる。だけどそれを汐が止めた。

「ぼくが行くよ」

代わりに立ち上がって、操ちゃんのあとを追う。リビングには、俺と星原と、そして槻ノ木《つきのき》夫妻が残された。

しん、と沈黙が落ちる。

星原はテーブルから携帯を引き戻すと、不安そうに眉《まゆ》を下げた。

「ど、どうしよう。写真、見せないほうがよかったかな……」

「そんなことないよ」

即座に新さんと雪《ゆき》さんが星原を慰めた。その勢いに、星原は少し驚く。

「学校での汐がどんな感じなのかよく知らなかったから、教えてくれた夏希《なつき》ちゃんには感謝してるの。だからそんな顔をしないで」

「雪さんの言うとおりだ。それに夏希さんは、汐のことを庇《かば》おうともしてくれたね。汐は本当にいい友達を持ったよ。ありがとう」

二人揃《そろ》って頭を下げた。まさかそこまで感謝されると思っていなかったみたいで、星原は慌てたように胸の前で手をぶんぶんと振った。

「いやいやそんな！　全然、大したことしてないです。本当のことを言っただけだし……」

でも、と星原は続けて、少し俯《うつむ》いた。

「操ちゃんには、ちょっと意地悪しちゃったかも……」

結果的に操ちゃんを追い詰める形になってしまったことを、星原は悔やんでいるみたいだ。けどそれは仕方のないことだ。あの場面で汐を庇えば、どうしたって操ちゃんを批判することになる。全員に優しくするなんて、不可能なのだ。

槻ノ木夫妻もそれは理解しているみたいだった。星原を気遣うように見つめるだけで、何も言わない。

数秒の空白を挟んで、新さんが口を開いた。

「汐《うしお》は本当に友達に恵まれたよ。君たちがいなければ、あの子は今も深い悲しみや理不尽に囚《とら》われていたかもしれない」

「……汐は強いですよ」

俺がそう言うと、新《あらた》さんはわずかに目を見開き、表情を緩めた。

「そうか。咲馬《さくま》くんが言うなら、きっとそうなんだろうな……でも」

操《みさお》ちゃんが残したショートケーキを、憂えるように見つめた。

「操は、どうなんだろう。あの子は希望を見つけられたのか……それが、どうしても分からない。それに、汐にとっての咲馬くんや夏希《なつき》さんのような友達が、操にはいるのかなって……そういうことを、少し考えてしまった」

沈痛な面持《おもも》ちだった。誰も何も言えずにいると、新さんは「すまない。こんな話をするつもりはなかったんだが」と言って、苦笑を浮かべた。

できることなら槻ノ木《つきのき》家の力になりたい。でも家族という聖域に、どこまで踏み込んでいいのか分からなかった。

――聖域。

ふと思う。いつから俺は家族をそんなふうに捉《とら》えるようになったのだろう。考えてみれば、小学生の頃《ころ》はなんのためらいもなく汐の家庭に首を突っ込んでいた。汐の母親が入院してからはよくお見舞いに行ったし、汐と操ちゃんが不登校になってからは拒絶されても家に訪れた。

それが、一体いつから……。

……ああ、そうだ。思い出した。中一の頃だ。

俺の父親が仕事以外はずっと部屋に引きこもっていることを、クラスメイトに話したことがある。食事も別なんだ、と。そしたら、心配されたのだ。そんなのはおかしい、お前の父ちゃんうつ病とかじゃねえの……とか言われて。

俺はただ笑ってほしかったのだ。でも、俺がカレーにこんにゃくを入れる程度の〝ズレ〟だと認識していたことは、そのクラスメイトにとっては深刻な問題に聞こえたようだ。それが自分でも驚くほど恥ずかしくて、嫌《いや》な感じがした。

それ以来、あまり家族の話はしなくなった。踏み込まれたくないし、踏み込んで嫌な気持ちにさせたくないから。

でも。

俺が汐の悲しみを癒《い》やせたのは、汐の家庭に首を突っ込んだからだ。

少しくらいは、干渉したっていいのかもしれない。

「俺が、操ちゃんの友達になりますよ」

そう言うと、三人の視線が俺に集まった。

「……あ、いやもう友達ですけど。もっと仲よくなるっていう意味で」

「私も！」

星原《ほしはら》が身を乗り出す。

「まだ全然打ち解けてないけど、操《みさお》ちゃんとは仲よくしたいから」

「二人とも……」

新《あらた》さんは目を細めて、噛《か》みしめるように大きく頷《うなず》いた。

「すごく頼もしいよ。ありがとう」

豪華な食事をごちそうになったのだから、それくらいのお返しはするべきだろう。それに汐《うしお》も操ちゃんも、俺にとっては大事な人だ。

沈んだ空気が、少しだけ明るくなった。新さんがフォークを握ったのを皮切りに、星原もケーキを食べ始める。だがそのなかで雪《ゆき》さんだけが、浮かない顔でテーブルに視線を落としていた。それに気づいた新さんが「どうしたの？」と声をかける。

「あ、えっと……なんというか……」

雪さんは言葉を濁らせる。喋《しゃべ》るときはいつもはきはきとしているので、その様子はひどく違和感があった。よほど気になることでもあるのだろうかと、俺たちは次の言葉を待つ。

「本当に、それでいいのかなって……」

不安げにそう続けたとき、ちょうど汐がリビングに戻ってきた。

俺たちがそちらに視線を動かすと、汐は残念そうに首を横に振った。

「ダメだ。何も話してくれなかった」

どうやら完全に心を閉じてしまったらしい。操ちゃんの発言は擁護できないが、部屋に引きこもる姿を想像すると胸が痛んだ。

汐は椅子《いす》に座って、自分のコーヒーを飲む。苦々しい顔をしているのは、決して砂糖を入れなかったせいではない。操ちゃんのことにはそれ以上触れず、汐は残ったケーキに手をつけた。

それからは、軽い談笑を挟みながら空気は一応の改善を見せたが、どこか上滑りしているみたいで……槻ノ木《つきのき》家での会食は、なんとも後味の悪い結果となってしまった。

＊

例年、椿岡《つばきおか》高校の冬休みが始まるのはクリスマスイブの二四日からだが、今年は曜日の関係で二二日からになっている。つまり、学校に行くのは今年もあと二日だけだ。

定期考査が終わり、教室にどこか浮ついた空気が漂うなか、最後のテストが返却された。星原が一番憂慮していた数学だ。今回は他の生徒にとっても難関だったようで、至るところから阿鼻叫喚《あびきょうかん》が聞こえていた。

授業が終わって放課後になるなり、汐が星原の席に近づいた。

「夏希《なつき》、どうだった？」

俺はさりげなく二人の様子を窺《うかが》う。テストが返却された際、星原は特に大きなリアクションは取らなかった。なので表情から結果を読み取ることもできなかった。果たして赤点を回避できたのかどうか……。

「それが、実は……」

星原《ほしはら》は裏返しにしていた答案用紙を、ぱっと表に向けた。

「七一点！　赤点回避できました〜！」

「おおー、おめでとう」

ぱちぱちと汐《うしお》は拍手する。星原は得意げに胸を反《そ》らした。

平均点が五六点だったことを踏まえると、なかなかの高得点だ。勉強会の努力が実ったのだろう。俺もあとで賛辞を送っておこう。

「汐ちゃんは？」

「九二点だよ」

「あ、そうですか……」

自慢げな態度が一瞬で崩れ去る。汐と比べちゃダメだ。

ちなみに俺は八五点だった。汐には及ばないが、苦手科目でこの点数なら十分健闘したほうだろう。もしかすると、今回の学年順位では十位以内に入り込めるかもしれない。

俺は荷物をまとめて帰る準備をする。学生鞄《かばん》を持って立ち上がると、教室のドアから担任の伊予《いよ》先生がひょこっと顔を出した。俺と目が合う。

「あ、紙木《かみき》。ちょっといい？」

手招きをされる。

とりあえず汐と星原に先に行くよう伝えて、俺は廊下に出た。

「いやー、突然悪いね。すぐ終わるから、ちょっと職員室に来てくれない？」

「はぁ」

なんだろう。悪いことではないと思うが……。

渋々言われたとおりについていき、職員室に入る。伊予先生が自分の席に座ると、デスクの上に置いてあるクリアファイルを俺に差し出した。いろんな資格の申込用紙が挟まれている。

「まだ確約はできないけど、紙木の第一志望で指定校推薦が使えるかもしれないの」

「え、マジですか？」

指定校推薦！　帰宅部の俺には無縁の制度だと思っていた。だが使えるというなら、是が非でも利用したい。

「成績いいし、内申点も悪くないからね。でも、やっぱり部活に入ってないってのは強みに欠けるからさ。だから、これを渡したわけ」

俺は手にしたクリアファイルに視線を落とす。

「資格を取れば、有利になるってことですか？」

「そそ。紙木が手が届きそうなやつを選んでみたの。冬休みのあいだに考えといてね。時間、そんなにないから」

「……伊予《いよ》先生って、実はめちゃくちゃいい先生なんですか？」

「何言ってんの？　当然でしょう」

俺はクリアファイルを鞄《かばん》にしまった。これから忙しくなりそうだが、期待が膨らんでいくのを感じる。伊予先生に感謝せねば。

「それで、最近はどんな感じなの？」

「どんな？」

「汐《うしお》とは上手《うま》くやってる？」

唐突な質問に意表を突かれる。一瞬動揺したが、単に興味本位で訊《き》かれただけだろう。そこに恋愛的な意味合いはない。伊予先生は何かと汐のことを気にかけているし、俺は素直に答えればいいのだ。

「まぁ、仲よくやってますよ。この前も、汐の家で晩ご飯食べましたし」

「お、それは実にいいことだね。友達の家でご飯かぁ。そういう付き合い大事よ～」

「……ちょっと気まずかったですけどね。汐、妹とちょっと折り合いが悪いんで」

あ、今のは言わないほうがよかったな、と言ってから後悔する。友達の家の事情は、気安く他人に話すことではない。指定校推薦の話で浮かれていた。

幸い、伊予先生としては興味のある話題ではないらしく、「ふうん」と相槌《あいづち》を打った。

「汐の妹……たしか中学三年生だっけ？　難しい年頃《ごろ》なのかな。まぁ、そんなのはよくあることだよ」

伊予先生は椅子《いす》の指先で撫《な》でて、どこか憂鬱《ゆううつ》そうに続けた。

「どの家族も、大体どっか歪《ゆが》んでるからね」

「そうですか」

俺は職員室の出入り口を一瞥《いちべつ》して、そろそろ帰ります、と暗に伝えた。伊予先生はそれを汲《く》み取ってくれたようで、「用件は終わり」と話を締めくくる。

「じゃ、頑張ってね」

「はい」

失礼します、と言って俺は職員室を出る。

――仲よくやってますよ。

廊下を歩いていると、自分の発言が頭の中で繰り返された。

仲よくやれているはずだ。少なくとも現時点では。来週にはどうなっているか分からない。

デートの約束をしたクリスマスイブ。

おそらくその日がターニングポイントになる。

＊

ベッドから起き上がり、ううんと伸びをする。

よく寝た。ベッド脇《わき》にあるデジタル時計に目をやると、午前一〇時だった。二度寝してから三時間も経《た》っている。寝ているあいだに母さんが勝手に部屋に入ったのか、カーテンが開いていた。外からまっすぐな陽射《ひざ》しが差し込んでいる。

肌寒さに肩を擦《こす》りながら、俺はベッドを出た。椅子《いす》にかけていたフリースを羽織り、一階に下りる。

今日は冬休み三日目。クリスマスイブだ。

そして、汐《うしお》とのデートの日でもある。午後五時に会う約束をしていた。

一応、プランは練っている。だけど心の準備はできていなかった。デートが嫌《いや》なわけではないのだが、何ぶん初めてなもので、失敗しないかという不安がある。

リビングに着くと、彩花《あやか》が勉強していた。冬休みの宿題だろうか。朝っぱらから熱心だなと感心しながら、俺は洗面所へと向かった。

「お兄」

彩花に呼ばれる。向こうから声をかけてくるなんて珍しい。

「なんか用か」

彩花はペンを動かしながら事務的に言う。

「夜、外で食べるって。お母さんが」

「へえ。どこで食べるんだ？」

「知らん」

「あ、そう……でも俺、夜に出かけるんだよな。だから行けないわ」

「え？」

彩花はノートから顔を上げた。目を丸くしている。

「今日クリスマスイブだよ？」

「知ってるよ」

「誰がお兄と遊ぶの？」

「だいぶ失礼なこと言ってるからな、お前」

言い方ってものがあるだろう。

「誰だっていいだろ、別に」

「まぁ、そうだけど……」

「それとも、クリスマスはお兄ちゃんと過ごしたかったか？」

冗談めかして言うと、彩花は顔をしかめた。

「んなわけないでしょ！　死ね！」

死ねは言い過ぎだろ、と思いながら、改めて俺は洗面所へ向かう。

冷たい水で顔を洗うと、寝ぼけた頭が冴《さ》えてきた。

思えば、クリスマスイブに家族以外の人間と過ごすのは初めてだ。彩花《あやか》が驚くのも無理はない。今までずっと『ちょっと豪華な料理が出てくるだけの一日』に、デートをしようとしている。それは去年までの自分が思い描いていた、理想のクリスマスイブだったんじゃないだろうか。

ちょっと気力が湧《わ》いてきた。

汐《うしお》に伝えるべきことはある。だけどそれ以上に大切なのは、ちゃんと楽しむことだ。気構えすぎるのもよくないだろう。クリスマスイブにしては今日は暖かいし、昼からまた惰眠《だみん》をむさぼるのも悪くない。

俺は部屋に戻り、ベッドに寝転んで漫画でも読むことにした。


携帯のバイブで目が覚めた。

目を擦《こす》りながら、枕《まくら》の横に置いた携帯を手に取る。発信者は『槻ノ木《つきのき》汐』。

一体なんだろう。俺はねぼけながら電話に出る。

「はい、もしもし」

『あ、咲馬《さくま》……』

汐の声——なのだが、ちょっと違和感があった。なんだか気分が沈んでいるような……。

まさか。俺は即座に身体《からだ》を起こして、部屋の時計に目をやる。午後三時。……そうだよな。寝坊したわけじゃないよな。ちゃんとアラームの設定してたし。

「どうした？」

『ごめん。今日のデート、行けない』

ホッとしたのもつかの間、突然の報告に眠気が吹き飛んだ。続いて戸惑いに襲われる。

「な、何かあったのか？」

『操《みさお》が……』

一瞬、ためらうような間を置いて、汐は続けた。

『操が、家に帰ってこないんだ』


冷たい空気を切り裂いていくように、俺は自転車を漕《こ》ぐ。駅に向かっていた。そこで汐が、今も操ちゃんを捜している。

——操が、家に帰ってこないんだ。

必死にペダルを回しながら、数分前のやり取りを頭の中で反芻《はんすう》する。

「ど、どういうことだ？　帰ってこないって」

『家出……しちゃったのかもしれない。連絡はつかないし、みんなで捜してるけど全然見つからなくて……お父さんが警察に連絡したんだけど、なんの情報もないんだ。もしかしたら、もう遠くに行っちゃってるのかも……』

汐《うしお》の呼吸は荒く、電話の向こうからざっざと足音が聞こえる。操《みさお》ちゃんを捜して歩き回っているのかもしれない。

「友達の家に泊まってる、とかじゃないのか？」

『分からないんだ』

「分からない？」

『操の友達、全然知らないんだ』

悲痛な声が、鼓膜を響かせる。

『ぼくも、お父さんも、雪《ゆき》さんも、知らないんだよ。一人だけ知ってるけど、その子の家にはいないみたいで……他に仲のいい子とか、よく遊んでる子とか、全然、知らないんだ……その唯一連絡を取れた子にも捜すの手伝ってもらってるけど、足取りが掴《つか》めなくて……一体どうすれば……』

汐の憔悴《しょうすい》が、痛いほど伝わってくる。

操ちゃんの行き先に心当たりはない。だけど自分が何をするべきなのかは分かっていた。

「汐は今どこにいるんだ？」

『え？　椿岡《つばきおか》駅の前だけど……』

「今からそっちに行くよ。俺も捜すの手伝う」

スピーカーから足音が聞こえなくなった。立ち止まったみたいだ。

『……ありがとう』

「いいよ」

電話を切り、急いで着替えてから部屋を出た。

そして今に至る。

ギアを一つ上げて、ペダルを踏み込む。

操ちゃんはもちろん、汐のことも心配だった。家出の直接的な原因は分からないが、汐との不仲も関係しているだろう。それを気にして自分を責めないといいが……。

中学生の家出なんて珍しくもない。俺も中学生の頃《ころ》は、短い時間だがやったことがある。だけど『よくあることだから気にしなくていい』とはならない。家出はただの結果に過ぎない。重要なのは家出をした理由だ。

こんなことなら、もっと操ちゃんと話しておけばよかった。「操ちゃんと仲よくなりたい」なんて言いながら、何もしなかった自分に腹が立つ。どうか無事でいてほしい。

一級河川の橋に差し掛かったところで、信号に捕まる。駅はこの川の向こうだ。青信号に変わるのを待ちながら、俺は何気なく視線を川上のほうに動かした。河川敷でボランティアの人たちが草刈りをしている。クリスマスイブにまでやっているとは思わず、少し驚いた。

信号機に視線を戻そうとすると、堤防の斜面に座り込む女の子の姿が見えた。膝《ひざ》を抱《かか》えてぼうっと川を眺めている。見覚えのある、黒髪のボブカット……。

「……あ!?」

川沿いの道に進路を変えて、俺は全力で自転車を漕《こ》ぎだした。その子に近づくにつれ、疑惑が確信に変わっていく。すぐそばまで来たところで、俺は急ブレーキをかけた。

「操《みさお》ちゃん！」

名前を呼ぶと、操ちゃんはビクッと肩を跳《は》ねさせて立ち上がった。

「咲馬《さくま》さん……」

気まずそうに顔を伏せる。

俺は自転車から降りて、慌てて斜面を下った。まさか、こんな近くにいたとは……少し疲れた様子だが、これといった異常は見当たらない。とりあえず無事そうだ。一旦《いったん》、操ちゃんを連れて斜面を上がり、平坦な道で向き合った。

「どこに行ってたんだ？　操ちゃんのこと、みんな捜してるぞ」

操ちゃんは驚いたように顔を上げる。家出したことを知られているのが意外だったみたいだ。

「……咲馬さんには関係ないですよ」

「あるよ。友達だろ」

「何年前の話ですか」

俺が中一のときはまだ遊んでいたから……四年くらい前か。って、それはどうでもいい。

先にするべきことがある。

「ちょっと待っててくれよ」

ポケットから携帯を取り出して、汐《うしお》に電話をかけた。

『もしもし？』

「見つけたよ、操ちゃん」

『え!?　どこ!?』

場所を伝えると、『すぐ行く』と言って通話が切られた。俺が話しているあいだ、操ちゃんは大人しく待っていた。

俺は軽く息をつく。少しばかり拍子抜けだが、すぐに見つかってよかった。

「友達の家に泊まってたのか？」

「違います」

「じゃあどこだよ。まさか野宿とか……？」

「……駅」

ぼそりと操ちゃんは答えた。

「駅？」

「群馬の……無人駅の待合室みたいなところで、朝までぼうっとしてました」

またずいぶん遠い場所まで……そりゃ見つからないはずだ。

よく見ると、操《みさお》ちゃんの目の下には隈《くま》ができていた。あまり眠れていないらしい。

「危ないだろ。女子中学生がそんな場所で一夜明かすなんて……無事だったからよかったものの、もし変な人に見つかったらどうするんだ」

「説教ですか」

「説教だよ。汐《うしお》、めちゃくちゃ心配してたんだぞ。親も捜してるって言ってたし……ほんと、どうして家出なんか……」

操ちゃんはため息をつくと、頭痛に苛《さいな》まれたように頭を押さえた。

「咲馬《さくま》さんに言っても、どうしようもないですよ。お兄ちゃんのことだって、何もしてくれなかったし……」

「……そんなに今の汐を受け入れられないのか？」

「当たり前じゃないですか」

即答して、睨《にら》むように俺を見た。

「ずっとお兄ちゃんだと思ってた人が、いきなり女として生きてくなんて言うんですよ？　そんなの、飲み込めるわけないじゃないですか」

「操ちゃんは難しく考えすぎだよ。身体《からだ》と違う性別の生き方を選んだって、汐は汐だ。何も人が変わったわけじゃない」

「いいや、変わった。咲馬さんと違って私はずっと近くで見てきたんです。だから嫌《いや》でも分かる。喋《しゃべ》り方も、ご飯の食べ方も、椅子《いす》の座り方も、どんどん、変わっていく。私の知ってるお兄ちゃんじゃ、なくなっていく……」

震える声に、嗚咽《おえつ》が混じった。

「どうして、それが分かんないの……」

血の繋《つな》がった妹だからこそなのか、その言葉は身を切るように切実で、俺はつい押し黙った。

操ちゃんは下唇《くちびる》を強く噛《か》むと、突然、踵《きびす》を返した。そのまま だっと走りだす。

まずい、逃げられる——それだけは阻止せねば。逃げられたら、汐に合わせる顔がない。

「ま、待ってくれ！」

俺はすぐに追いかけて、操ちゃんの腕を掴《つか》んだ。

「離して！」

と叫びながら暴れるものの、驚くほどに非力で、思わず手の力を緩めそうになった。力加減が分からない。それでも汐が来るか、操ちゃんが逃げるのを諦《あきら》めるまで、この手は離せない。

もがく操ちゃんを取り押さえていると、後ろから人が近づいてくる気配がした。

「あんた、何やってんの」

聞き覚えのある声。

俺は操ちゃんの腕を掴んだまま振り返る。

ウインドブレーカーに身を包み、派手な金髪を後ろで束にしている気の強そうな女子。

西園《にしぞの》アリサがそこに立っていた。

「……西園？」

どうしてこんなところに。それに、西園には似つかわしくないこの格好。ウインドブレーカーはところどころ土で汚れて、手には軍手がはめられている。まるで草むしりでもしていたような——。

ああ、そうか。ボランティアだ。世良《せら》への暴行で退学処分を下されていたが、執行猶予《ゆうよ》がつき、そのあいだ社会奉仕に勤《いそ》しむよう命じられていた。それがまさか、クリスマスイブにまで社会奉仕に勤しんでいるとは……人間、変わるものだ。

けどそれはそれとして、すさまじい敵意を向けられている。なんで？　と思ったが、冷静に考えれば仕方のないことだ。客観的にこの状況を見れば、誰だって警戒する。

「ねえ、そこの子。誰か呼んだほうがいい？」

「え、あ……」

西園に声をかけられ、操《みさお》ちゃんは困惑している。人見知りしているのかもしれない。人を呼ばれたら面倒だ。俺は横から口を挟む。

「違うんだ西園、これは——」

「あんたには聞いてない」

またすごい勢いで睨《にら》まれ、思わず口を閉ざす。怖いところは変わっていない。

「ねえ。困ってるんじゃないの？」

西園《にしぞの》の迫力に気圧《けお》されているのか、操《みさお》ちゃんはやけにビクビクしながら答えた。

「いや、別に……大丈夫、です……」

「……あっそ。で？　あんたは何やってんの」

話す機会を得られたので、事情を説明する。

「この子は汐《うしお》の妹で……家出してたんだけど、さっき見つけたところなんだ。逃げようとしたから、さっき取り押さえた。それだけだよ」

もう逃げる気もなさそうなので、俺は操ちゃんの腕を離す。それで誤解が解けたのか、西園の目から警戒心が消えた。代わりに、驚きと小さな興味が瞳に灯《とも》る。

「汐の妹……へえ、この子が。髪の色、違うんだ」

操ちゃんは怯《おび》えたように西園から目を逸《そ》らして、俺のほうを向いた。

「西園さんって……あの、転校生を殴って病院送りにしたっていう……？」

噂《うわさ》というものは大体脚色されるものだが、それに関してはまったく正しい情報だった。

「ああ、その西園さんだ」

「……そう、ですか」

操ちゃんはごくりと息を呑《の》むと、突然覚悟を決めたように、西園のほうに身体《からだ》を向けた。

「お兄ちゃんのこと、知ってるんですか」

「うん」

「女装したお兄ちゃんがみんなから受け入れられてるって、本当なんですか。人気者で、応援されてるって……。気持ち悪いとか、おかしいとか思う人って、誰もいないんですか。みんな、お兄ちゃんのこと、本当はどう思ってるんですか」

それを西園に訊《き》くのか──。

何か皮肉めいたものを感じながら、俺は西園の顔を窺《うかが》う。西園は相変わらず冷たい無表情だったが、操ちゃんを見る目にわずかな哀れみが滲《にじ》んでいた。

「……最初は、汐のことを腫《は》れ物《もの》扱いする人のほうが多かった。汐を遠ざけたり、陰でネタにしたり……すぐに受け入れられた人は、少なかった」

操ちゃんは真剣に聞いている。

「でも、次第にみんな汐のことを受け入れていった。人気者で応援されてるってのは事実よ。本当は周りがどう思ってるかなんて知りようがないけど、少なくとも今はもう、誰も汐のことを笑わない」

梯子《はしご》を外されたように、操ちゃんの表情が失望に染まった。

「どうして……」

「受け入れちゃったほうが楽だから……じゃないのかな。汐が人に迷惑かけてるわけじゃないし、腫れ物扱いするのも面倒だしね」

真っ当なことを言っている。淡々と話しているが、その事実を受け入れるまでに大きな葛藤《かっとう》があったのかと思うと、感慨深いものがあった。

「汐《うしお》のこと、嫌いなの？」

「……」

操《みさお》ちゃんは口を噤《つぐ》む。その姿を見た西園《にしぞの》は、何かを思い出したようにポケットに手を突っ込んだ。何を取り出すのかと思いきや、出てきたのは飴《あめ》だった。

「これ、あげる。さっきもらったの」

「はぁ……」

操ちゃんが困惑しながら両手で受け取ると、ここで初めて西園は相好を崩した。

「ひどい顔してるね。家出してるって聞いたけど、もしかして寝てないの？　早く家に帰って休んだほうがいいよ」

親切だ。汐の妹だから、というのもあるだろうが、もしかするとシンパシーを感じているのかもしれない。西園も以前は、頑《かたく》なに汐のことを認めようとせず、周りに反発してきた。あのときのことを後悔しているからこそ、操ちゃんには汐を理解してほしいと思っているのか。

かつて同じ経験した西園なら、操ちゃんの心を開かせることができるかもしれない。

「じゃあ、私は清掃に戻るから」

「え、もう行くのか？」

「うん。まだ作業残ってるし」

「いや、なんか……もうちょっとなんかないのか？」

「なんかって何」

「その……アドバイス的な……」

西園の視線が冷たくなる。

「ないよ。部外者がなんか言って解決するような問題でもないでしょ」

本人が言うと説得力があるから困る。

いや、それでも普通会うことのない二人がせっかく巡り合ったのだから、何かあるんじゃないか……と考えていたら、前方から車が走ってきた。邪魔にならないよう端に寄ろうとすると、車は徐々に速度を落として、俺たちのそばで停まった。見覚えのあるセダン――槻ノ木《つきのき》家の車だ。

ドアが開き、運転席から雪《ゆき》さんが出てくる。

「操！」

雪さんは一直線に操ちゃんのもとに駆け寄ると、無事を確認するように肩に手を置いた。

「よかった、無事で……」

操ちゃんは気まずそうに俯《うつむ》く。

雪さんがいるなら汐もいるはず。そう思ったのと同時に、助手席から汐が出てきた。操ちゃんのことを心配していたはずだが、雪《ゆき》さんのように駆け寄ろうとはせず、鋭い目つきで西園《にしぞの》を見た。

「アリサ……」

少し、声が怖い。もしかして、操《みさお》ちゃんの家出に西園が噛《か》んでいると疑っているのかもしれない。それはちょっと可哀想《かわいそう》なので、俺から誤解を解く。

「西園はさっき偶然会っただけだ。操ちゃんの家出とは関係ないよ」

俺がそう言っても、汐《うしお》はしばらく西園を見つめていた。まだ疑っているのか、それとも野暮ったいウインドブレーカーに身を包んだ今の西園に、何か思うところがあるのか……。西園も弁解すればいいのに、なぜだか黙りこくっている。

やがて汐は何も言わず西園から視線を外して、今度は俺のほうを向いた。

「……ありがとう、見つけてくれて」

「いいよお礼なんか」

汐は操ちゃんに歩み寄る。そして叱責《しっせき》や心配の言葉もなく、ただ一言。

「帰るよ」

操ちゃんの手を掴《つか》んで、二人は車の後部座席に乗り込んだ。操ちゃんは抵抗しなかった。

運転席に乗り込む前に、雪さんがこちらに近づいてきた。顔には憔悴《しょうすい》が残り、髪が少し乱れている。よほど必死に捜していたのだろう。

「ありがとう、咲馬《さくま》くん。なんてお礼を言ったら……」

「や、気にしないでください。ほんと何もしてないんで……」

雪さんは西園のほうを向いて、「あなたも手伝ってくれたの？」と声をかけた。

「いえ……偶然居合わせただけで、何も関係ないです」

「そう……」

雪さんは、途端に疲労が押し寄せてきたかのように短くため息をついた。眉間《みけん》を軽く指で押さえ、表情を引き締める。

「それじゃあ、行くね」

俺が短く別れの言葉を告げると、雪さんは運転席に戻った。

車が発進し、俺と西園がその場に取り残される。

「じゃあ、私も行くから」

「西園」

引き止めると、西園は不機嫌そうに振り返った。

「何？」

「飴《あめ》あげたの、よかったと思う」

「……あっそ」

西園は河川敷に下りていく。そして向こうにいるボランティアの人たちに加わった。

俺は自分の自転車に跨《また》がる前に、後方を向く。

汐《うしお》たちを乗せた車は、もう見えなくなっていた。

＊

重苦しい空気が車の中を満たしていた。

お兄ちゃんも雪《ゆき》さんも、私が車に乗り込んでから何も喋《しゃべ》らない。どこに泊まってたの、とか、どうして家出なんてしたの、とか、言いたいことは山ほどあるだろうに。薄気味悪い。叱《しか》りたいなら、さっさと叱ればいいいんだ。

家に帰ったら、どうなるんだろう。家族会議でも始まるのかな。たぶん今日はお父さんも家にいる。家族全員で向き合って、何時間も話すのだろう。

お兄ちゃんの女装がバレたときみたいに。

あのときの空気、本当に苦手だった。家族と真剣な話をするのって、どうしてあんなにしんどいんだろう。今回は、きっと前よりもキツい。お兄ちゃんのときと違って、私がしたことは明らかによくないことだから。

憂鬱《ゆううつ》だ。もうすぐ家に着いてしまう。こんなことなら家出なんてしなきゃよかった。それか、誰にも見つけられないくらい、ずっとずっと遠くに行ってしまえばよかったんだ。

ああ、本当にやだ――。

「……帰りたくない」

つい、そんな弱音が漏《も》れた。

思ったよりもはっきりとした声になってしまって、恥ずかしくなる。隣に座るお兄ちゃんと雪さんにも聞こえたかもしれない。車のエンジン音や暖房の音が、さっきの言葉をかき消してくれてるといいけど……。

かこ、と雪さんがウィンカーのレバーを落とす。車は右折して、コンビニの駐車場に入っていった。

お兄ちゃんが怪訝《けげん》そうにシートから背を離す。

「何か買うの？」

「ううん」

雪さんはルームミラー越しに私を見た。

「操《みさお》、どこか行きたい場所はある？」

突然の質問に虚を突かれる。もしかして、さっき私の言った「帰りたくない」が聞こえていたのだろうか。きっとそうだ。聞き流してほしかったのに。ほんと、余計なお節介だ。

私が黙っていると、雪さんは「どこでもいいよ」と付け加えた。その声がまた、なんの嫌味《いやみ》もなくて、ムカつく。そんな言葉で、絆《ほだ》されてたまるか。

優しい母親という化《ば》けの皮を剥《は》がしたくて、私は行けそうにない場所を口にする。

「スキー場」

「は……？」

お兄ちゃんが分かりやすく難色を示した。雪《ゆき》さんの代わりにお兄ちゃんが答える。

「それ、今からじゃないよね。冬休み中にってことだよね」

「今から行きたい」

「あのねえ……」

怒りを抑えきれない声。それこそが、本来、雪さんに求めていた反応だった。

「みんながどれだけ操《みさお》のこと心配してたと思ってるの？　一五歳にもなってそんなワガママ言うな。せめて反省する姿勢くらい見せなよ」

「訊《き》かれたから答えただけじゃん。文句なら私じゃなくて雪さんに言ってよ」

「雪さんは操のことを気遣って言ってくれてるんだよ。それくらい分かるでしょ？」

「じゃあなんて答えればよかったの？　家って言えば満足？　帰る以外に選択肢がないなら、最初から何も言わず家に向かってればよかったじゃん。めんどくさいんだよ」

「めんどくさい？　ふざけたこと言うな。反抗期も大概にしなよ。人に迷惑ばっかりかけて、そのくせ謝りもしないで……スキー場に行きたいならもう一人で行きなよ。それで気が済むまで滑ってりゃいいよ」

くる。

「分かった。じゃあそうする──」

「行こうか、スキー場」

ドアに手をかけたところで、雪さんが言った。

私は思わず動きを止めて、運転席のほうを見た。雪さんは振り返って、携帯の画面を見せてくる。

「このスキー場、ナイターで九時まで営業してるんだって。今から飛ばせば、二時間くらいは滑れるよ」

幼い頃《ころ》に行ったことのある場所だ。たしかに椿岡《つばきおか》からだとそれくらいかかる。けど……。

お兄ちゃんが、正気を疑うような目を雪さんに向ける。

「雪さん、本気？」

「うん。道具はレンタルすればいいし、タイヤもオールシーズンだから行けるはず」

「いや、そういう問題じゃなくて……」

困惑している。私も雪さんの考えていることが分からなかった。まさか本当にスキー場へ行くつもりなんだろうか？　別に滑りたいわけではないけど、ここで撤回するのは負けな気がして、黙っていた。

雪さんは携帯をしまうと、カーナビの設定を始めた。目的地は、スキー場。

「汐《うしお》はどうする？」

画面に入力しながら雪《ゆき》さんが訊《たず》ねると、お兄ちゃんは渋面を作った。

「……行くけど」

「よし。じゃあ出発」

車は来た道を引き返す。

……本当に行くの？


インターチェンジから高速道路に入った。

外はもう日が暮れ始めていた。白く輝く道路灯が、ずっと遠くまで等間隔に並んでいる。カーナビによると、目的地まであと一時間半ほどかかるらしい。スキー場に着く頃《ころ》には、とっくに夜だ。

一度、コンビニに寄って軽食と飲み物を買ってからは、誰もほとんど言葉を発さなかった。雪さんは運転に集中していて、お兄ちゃんは退屈そうに窓の外を眺めている。遠足帰りのバスみたいな、疲労と眠気が溶け込んだ空気。実際は、向かっている最中だけれど。

お父さんは、家に残った。私を捜しているときに、警察や学校に連絡していて、今はその後処理に追われているらしい。本当は行きたかったみたいだけど、お兄ちゃんに「無理しなくていいから」と電話越しに止められていた。

私はポケットから携帯を取り出す。家出の最中、ずっと触っていたから、もう充電がない。

携帯をしまって、私は窓枠に頬杖《ほおづえ》をついた。

少し、肌が荒れている。寝不足と、昨日お風呂《ふろ》に入っていないせいだ。意識すると気持ち悪くなってきた。早くお風呂に入って、暖かい部屋で眠りたい。どうしてスキー場に行きたいなんて言っちゃったんだろう。

昔は、スキーが好きだった。正確には、お母さんと一緒に滑るのが。抱きしめるように腰を支えてもらいながら滑ると、どれだけスピードを出してもこける気がしなくて、楽しかった。今ではもう一人で滑れるけど、かつての爽快感《そうかい》は味わえなくなっていった。

お母さんが生きていれば、きっと今でもスキーが大好きだった。

お母さん……。

鼻の奥がツンとして、目頭が熱くなる。思い出すと、悲しくなってしまう。

何か、気を紛らわすものを……あ、そうだ。私はまたポケットに手を入れて、今度は携帯ではなく、西園《にしぞの》さんからもらった飴《あめ》を取り出した。包装を破いて、中の飴を口に含む。優しいイチゴ味が、舌にじんわり広がった。ざわついた胸の内側が、撫《な》でつけられていく。

気持ちが落ち着くと、途端に強い眠気が襲ってきた。会話はなく、携帯は使えず、外を見ても単調な景色しか流れていない。何より、昨日はろくに寝ていない。そりゃあ眠たくもなる。

だけどお兄ちゃんの横で寝るのは、弱みを見せるみたいで癪《しゃく》だった。

どうしても我慢できなくなったら眠ろう。それまでは、なんとか起きて――。

「――さお、操《みさお》」

呼ばれている。お兄ちゃんの声だ。

私、どうしてたんだっけ……。とりあえず、横になっていた身体《からだ》を起こす。脳がどろどろに溶けたみたいに頭が重い。車の中……ああ、そうだ。スキー場に向かっているんだった。どうやら完全に寝落ちしていたうえに、シートの上に寝転んでいたみたいだ。みっともない姿を晒《さら》してしまったと、少し恥ずかしくなる。

「ほら、着いたよ」

お兄ちゃんがドアを開ける。すると、刺すように冷たい風が車内に流れ込んできた。一瞬で眠気が覚めて、全身がぎゅっと強張《こわば》る。

外に出るどころか身体を動かすのも億劫《おっくう》だけど、じっとしているわけにもいかない。すでに雪《ゆき》さんもお兄ちゃんも外にいる。

私は腹筋に力を入れて、車から降りた。

足下《あしもと》に薄く積もった雪を、さく、と踏み鳴らす。外は完全に夜だ。粉雪の混じる風が、体温をかっさらっていく。

「さ、さっむ……！」

恐ろしく寒い。寒すぎて、頭がガンガンする。スキー場で、それも寝起きだからってのもあるだろうけど、それにしたって寒かった。

「うう、寒いね……。早く行こうか」

「雪さん、レンタルショップはあっちだよ」

「ああ、そっち……そういや、汐《うしお》と操は来たことあるんだっけ」

「すごく久しぶりだけどね」

先導するお兄ちゃんに、雪さんがついていく。私も背中を丸めて、二人を追いかけた。

レンタルショップに入る。中はコンビニくらいの広さがあって、中心に昔ながらの石油ストーブが置いてあった。暖かくて、肩から力が抜けていく。

このスキー場に来たことはあるけど、レンタルショップに入るのは初めてだ。中にはちらほらとスキーウェアを着た人がいた。みんなニット帽やゴーグルに雪が薄く張り付いている。今から道具を返却して、帰るところなのだろう。新しく来た人は、私たちくらいだ。

カウンターに向かおうとする雪さんを、お兄ちゃんが「ちょっと待って」と引き止めた。

「どうしたの？」

「本当に滑るの？」

「私はそのつもりだったけど……」

雪さんとお兄ちゃんが、同時に私を見る。

操はどうしたいの、と視線が問うていた。

正直、まったくスキーを楽しむ気分じゃない。家に帰って早く寝たい。だけど……私のワガママでスキー場まで車を走らせておいて、何もせずに帰るのは、さすがにちょっと罪悪感があった。雪《ゆき》さんにとって、ただの徒労でしかない。ならせめてスキーをして、ここまで来た意味があったと思わせるべきなんじゃないか。もう手遅れかもしれないけど、それがお兄ちゃんの言う「反省する姿勢」を見せることになるような気もする。

「……滑る」

雪さんは頷《うなず》き、お兄ちゃんはため息をついた。

三人でカウンターに向かい、雪さんが受付の人に声をかける。

「すいません、用具一式を借りたいんですが……」

カウンターで何か書き物をしている店員が頭を上げた。髪にメッシュの入った若い女性だ。

「はーい、こちらの用紙に記入お願いします」

差し出された用紙に、備え付けのペンで三人それぞれサイズを書いたりチェックをつけたりしていく。

「今日ちょっと夜から天気悪くなるみたいなんで、吹雪《ふぶ》いてきたら無理せず下りてきてくださいね」

分かりました、と雪さんが返事をする。

書き終えたので、私は用紙を返した。するとメッシュのお姉さんは、少し腰を曲げて私に目線を合わせた。

「あなたも、できるだけお母さんから離れないようにね」

「いや、お母さんじゃないです」

あ、しまった。

つい反射的に訂正してしまった。嫌味《いやみ》を言いたいわけじゃなかったので、ばつの悪さを感じる。本心も、少しはあるけど。

「えっと、じゃあ親戚《しんせき》の方……？」

反応に困っている。雪さんは「あはは……」と苦笑いを浮かべていた。

不意に、ごつ、とお兄ちゃんに肘《ひじ》で小突かれた。

「すいません、気にしないでください。お母さんで合ってます」

「あ、そうなの？　なんだ、びっくりしたぁ……」

と言いつつも、お姉さんは好奇心を隠しきれない様子で私たちのことを見てくる。

よく見るとあまり似てないな――とでも思われているのかもしれない。実際、似ていない。

雪さんとは、そもそも血が繋《つな》がっていないのだから。

お姉さんはカウンターの奥から靴とウェア一式を取ってくると、私たちに渡した。

「では、更衣室は向こうにありますんで」

「あ、更衣室……」

何かが気になったように雪《ゆき》さんは繰り返して、お姉さんが示した更衣室のほうを見た。

部屋の奥に、カーテンで仕切られた個室が三つ並んでいる。更衣室というより試着室みたいな感じだ。

雪さんの反応が気になったのか、お姉さんは首を傾げた。

「何かありました？」

「あ、いえ。大丈夫です」

雪さんは更衣室へ向かう。

そういえば、お兄ちゃんって学校で着替えはどうしてるんだろう。トイレはどっちを使ってるんだろう。球技大会で活躍したって聞いたけど、それは男女どっちで出場したときの話なんだろう。あまり考えないようにしていたけど、知らないことばかりだ。

というか、知ろうとしなかった。

この噂《うわさ》の巡りが早い椿岡《つばきおか》で、お兄ちゃんが文化祭の劇に出ていたことも、クラスで人気があることも知らなかったのは、意識的にお兄ちゃんの情報を避けていたからだ。知るのが怖かった。だけど、今ではもう――。

そこでハッとする。

お兄ちゃんと雪さんは先に更衣室に入っていた。私も慌てて、そちらに向かう。

ごうんごうんと音を立てて、私たちを乗せたリフトがゲレンデを上っていく。

ナイターの照明に照らされて、銀色の斜面は眩《まぶ》しいくらいに輝いていた。時々、スキーヤーやスノーボーダーが足下《あしもと》を通り過ぎていく。この時間は上手《うま》い人が多い。思えば、今日はクリスマスイブだ。そんな日の、それも聖夜と呼ばれる時間帯に滑っているのだから、今はよほど滑るのが好きな人しかいないのだろう。

がたん、とリフトが揺れて、履いているスキー板同士がぶつかる。お兄ちゃんはボードも得意だけど、私たちに合わせたのか、スキーにしていた。

「見てみて！　空！　すっごく綺麗《きれい》！」

雪さんがストックで天を指す。

視線を上げて、私は思わず「わっ」と声を漏《も》らした。プラネタリウムでしか見たことがないような無数の星が、空に瞬いている。本当に綺麗だ。オリオン座のベテルギウス以外にも、あれほど赤く輝く星があることを知らなかった。

ちらりと横を見ると、お兄ちゃんも感動した様子で空を見上げていた。

「すごい……」

白い息が、夜空に昇っていく。

ね、と雪さんが相槌《あいづち》を打った。

「この星空が見られただけでも、来た甲斐《かい》があったよ」

「……そうかもね」

お兄ちゃんはしみじみと同意する。

胸がむず痒《がゆ》くなった。二人の言葉をどう受け止めていいのか分からない。それでも、素直に喜ぶのは違う気がした。そうでしょ、来てよかったでしょ……なんて言って胸を張るのは、あまりにも無節操というか。でも、それくらい私が単純だったら、きっとお兄ちゃんや雪《ゆき》さんとも上手《うま》くやれてたんだろうな、と思う。

リフトの終着点が見えてきた。

私はストックを握り直して、降りる準備をする。リフトは減速し、地面が近づいてきた。

スキー板が雪面に触れる。

そのまま滑り出し、平らなところでキュッとブレーキをかける。

「じゃあ、とりあえず下まで……って雪さん？」

雪さんは止まることなく、斜面を下っていく。何も言わずに行っちゃうなんて……と思ったら、不自然にぎゅんと横に曲がり、そのままバランスを崩して転倒した。

「わ、大丈夫？」

お兄ちゃんが雪さんのもとへ向かう。

雪さんは身体《からだ》を起こすと、恥ずかしそうに笑った。

「あはは……早速転んじゃった」

ずれたニット帽を被《かぶ》り直して、よろよろと立ち上がる。なんだか心許《こころもと》ない。

滑り出すお兄ちゃんに、雪さんが続く。今度はスキー板をハの字にして、ざざざ、とブレーキをかけながら斜面を下っていった。これは……明らかに初心者の滑り方だ。と思った瞬間にまた転んだ。

お兄ちゃんが横歩きで雪さんのところに戻ると、起き上がるのを手伝った。気軽に滑れる雰囲気ではないので、私もそちらに向かう。

「もしかして、滑れないの？」

お兄ちゃんが訊《たず》ねると、雪さんは申し訳なさそうに肩を落とした。

「高校生のときは、ちょっとだけ滑れたんだけどね……いやあ、老いって怖いね」

お兄ちゃんは反応に困っている。

気まずさを感じ取ったのか、雪さんは慌てて平気さをアピールするように両手を振った。

「で、でも練習すればきっと滑れるようになるから！　大丈夫、まぁ見てて！」

集中するように深呼吸する。そして、また滑り出した……けど、さっきと何も変わっていない。案の定、数メートルほど進んだところでバランスを崩して、今度は転ばなかったものの、完全に停止した。

「ほらね？」

いや、全然上手《うま》くいってないんだけど……。

ひょっとして、雪《ゆき》さんって運動音痴なのだろうか。思えば、雪さんから身体《からだ》を動かすような遊びに誘われた記憶がない。趣味はインドア寄りだし、過去にスポーツをやっていたという話も聞いたことがなかった。

だとしたら……お母さんとは逆だ。お母さんが元気だった頃《ころ》は、私でもついていけないくらいエネルギッシュで、スキーだけじゃなくバドミントンやキャッチボールも得意だった。その代わり、ちょっと不器用なところがあったけど。

「二人は先に行っててていいよ。私と一緒じゃ気持ちよく滑れないでしょ？」

自虐交じりに気を使ってくると、お兄ちゃんは迷うことなく「ダメだよ」と返した。

「一緒にいるよ。スキーって結構危ないから……怪我《けが》されても、困るし」

「う……耳が痛いね」

「……重心を前にすると安定するよ。こんなふうに」

お兄ちゃんは正しいフォームを見せるみたいに、軽く滑った。雪さんは真剣にその姿を目で追う。

お兄ちゃんによるコーチングが始まった。お兄ちゃんが手本を見せて、雪さんが実践する。その繰り返しだ。私は二人のやり取りを後方で眺めながら、あくびが出そうなスローペースで、ゆっくりとゲレンデを下った。

雪さんは何度も転んだ。名前が「雪」のくせして、ウィンタースポーツの適性がまったく感じられない。おまけに体力もなくて、すでに息が上がっている。

正直、みっともない。他のスキーヤーやボーダーが追い越しざまに雪さんを見るたび、こっちまで恥ずかしくなった。この時間帯に雪さんほど下手《へた》くそな人は他にいない。もう、やめればいいのに。

なんでもそつなくこなす雪さんのイメージが、砂山のように崩れていく。雪さんのことは好きじゃないけど、何度も転んでは起き上がる姿を見ていると、胸が痛くなった。

でも、私よりきっと雪さんのほうが痛い思いをしている。心の問題ではなく、物理的に。というのも、ゲレンデを下るにつれ、明らかに雪質が硬くなっている。まだ一二月だから積雪が足りていないのだ。この状態で転ぶのは、アスファルトの上で尻餅《しりもち》をつくのと大差ない。お兄ちゃんも心配していた。

ようやく、中間地点のリフトが見えた。あれに乗れば、下まで直行できる。

「雪さん、リフト使う?」

「ごめん、まだ滑りたいかも。もう少しで、コツが掴《つか》めそうだから……」

私は雪さんに近づく。

雪さんの前髪は汗で濡《ぬ》れて、暑いのか胸元のファスナーを少し開いていた。消耗しすぎだ。こっちはまだ肌寒いくらいなのに。

「やめときなよ」

お兄ちゃんと雪《ゆき》さんが、同時にこちらを見る。

「もう、見てらんない。そんなに転んで……楽しくなんかないでしょ」

「それでも、滑れるようになりたいの」

「なんで？」

「だって操《みさお》、スキーが好きなんでしょ？　あなたが好きなものを、私もちゃんと好きになりたいんだよ」

今はもう、そこまで好きじゃない。だけど、そんなまっすぐな目を向けられたら、何も言い返せない。

お兄ちゃんが「じゃあ滑ろうか」と雪さんに答えた。

「ええ、滑るの……？」

「うん。大丈夫、雪さんはちょっとずつ上手《うま》くなってるよ。ぼくが見てるから、操は先に行っててもいいよ」

それは……ちょっと心細い。

雪さんを説得できないなら、仕方ない。二人についていこう。どうせ先に行っても、待つだけだ。

再びコーチングが始まった。

「はああ、疲れた……」

雪さんがストーブの前のベンチに座って、深くうなだれた。

レンタルショップに戻って、すでに着替えを済ませていた。結局、ゲレンデは一往復しかしていない。天気が荒れてきたし、雪さんの体力も限界だった。こんな状態で家に帰れるのだろうか……。

「雪さん、大丈夫？」

お兄ちゃんが声をかけると、雪さんは顔を上げた。すっかり疲れ果てている様子だ。束になった前髪をかき上げ、眠たげに目をしばたく。

「うーん……ちょっと家まで持ちそうにないかも……」

不安になるようなことを言う。冗談でもなさそうだ。

雪さんは立ち上がると、ふらふらとカウンターに近づいていった。

「あのう、すみません。ここらへんで泊まれる場所ってありますか？」

受付の人に話しかけた。来たときと同じ、メッシュのお姉さんだ。私たち以外のお客さんはいなくて、すでに片付けの準備を始めていた。

「あるっちゃありますけど……たぶんどこもいっぱいですよ。クリスマスイブですし」

「そっか……どうしようかな……」

もう元気を取り繕う気力もないようで、声が弱々しい。普段の明るい姿を見慣れているからこそ、危機感が募った。このまま行く当てがなかったらどうするんだろう。車中泊？　さすがに二日続けてお風呂《ふろ》に入らないのは、キツい。

「うち、親が民宿やってますんで、試しに聞いてみましょうか？」

「え、ほんとに？」

雪《ゆき》さんの顔に少し元気が戻る。もし泊まれるなら私としてもありがたい。

「まぁ、空いてる部屋があるかは分かんないですけどね」

「助かります……あ、ちなみにそちらの民宿って、お風呂とかどうなってます……？」

「お風呂？　旅館みたいな大浴場じゃないですよ。共用の小っちゃなお風呂を交代で使ってるだけなんで……あんまり期待しないでください」

「ううん、大丈夫。ありがとうございます」

雪さんがお礼を言うと、メッシュのお姉さんはその場で電話をかけ始めた。

お姉さんの胸元の名札には『柴《しば》』と書いてある。柴さん。見た目はちょっとチャラそうだけど、結構いい人だ。あの悪名高い西園《にしぞの》さんも親切だったし、人は見かけによらない。

「あ、もしもし？　泊まりたいって人がいるんだけど……二人。うん、家族」

軽くやり取りをしたあと、柴さんは電話を切って雪さんのほうを向いた。

「キャンセル出たんで、ちょうど空いてるみたいです」

「ああ、よかった……ほんとありがとうございます」

ぺこぺこと雪さんは頭を下げる。

それから二〇分後くらいに、私たちはレンタルショップを出た。柴さんもちょうど仕事が終わる頃合《ころ》いだったので、一緒にその民宿へ向かうことになっていた。

駐車場でそれぞれの車に乗って発進する。道中にコンビニがあるらしく、雪さんの提案で寄ることにした。宿泊の準備を何もしていないので、最低限の生活用品を買うみたいだ。

コンビニに入り、雪さんは人数分の歯ブラシをカゴに入れていく。それを傍目《はため》に、私はお弁当コーナーの前で立ち止まった。……お腹が空いた。とっくに晩ご飯の時間は過ぎている。一応、昼食はマクドナルドで軽く済ませたけど、胃の中はとうに空っぽだ。

お腹を擦《こす》って空腹を紛らわせていると、雪さんとお兄ちゃんが近づいてきた。二人とも視線は棚に並んだ弁当や惣菜《そうざい》に向いている。

「……晩ごはん、お弁当でいいよね」

雪さんの声にはわずかに圧があった。今から飲食店を探す気力がないのだろう。私もくたくただし、贅沢《ぜいたく》をいえる状況でもないので、黙って頷《うなず》いた。

「あ、もしかして晩ごはんまだな感じです？」

レパートリーの少ない商品の中からめぼしいものを選んでいたら、柴さんが声をかけてきた。

「ええ……ちょっとタイミングを逃しちゃって」

「だったらうちでなんか作りますよ。せっかくのクリスマスイブですし、素泊まりってのも味気ないでしょ。あ、お代はいただきますけど」

「いいんですか？　めちゃくちゃ助かります……」

雪《ゆき》さんは砂漠で水を恵んでもらった人みたいに深々と頭を下げた。

「じゃ、決まりですね」

カゴの商品をレジに通して、コンビニを出る。

柴《しば》さんが運転する車についていくと、一〇分ほどで目的の民宿に着いた。ちょっと大きめの古い家、といった外観で、看板がなければ普通の家と大して変わらない。

中に入り、柴さんに部屋まで案内してもらう。

「ここです」

和室だった。畳が敷かれて、奥の窓際には小さなテーブルと椅子《いす》のあるスペースがあった。旅館でよく見る空間だ。正直あまり期待していなかったけど、綺麗《きれい》な部屋だ。

お風呂《ふろ》やチェックアウトの説明を済ませると、柴さんは「それでは、のちほど」と言って、部屋から出て行った。食事の準備はおよそ三〇分後にできるらしい。

お兄ちゃんが座布団に腰を下ろすのを見て、私もそうする。軽く髪をかき上げようとしたら、指が引っかかった。髪がべたついている。

早く熱いシャワーを浴びたい……でも、ここのお風呂は共用だから、すでに他の宿泊客の入る順番が決まっているらしい。私がお風呂に入れるのは、早くても一時間は先になりそうだ。自業自得とはいえ、なかなか辛《つら》いものがある。

「あ〜……つっっっかれた……」

荷物を下ろすなり、雪さんは畳の上に倒れ込んだ。そのまま眠ってしまったのか、動かなくなる。疲労困憊《こんぱい》といった体《てい》だ。朝から家出した私を捜し回って、夜にスキーまでしたのだから、そりゃあ疲れる。しかも夕方の時点でかなり疲労が溜《た》まっている様子だった。今日一日でちょっとだけ老けた気がする。

……ああ、また、罪悪感が。

私も休もう。今はもう、何も考えたくない。

やがて柴さんが、食事の準備ができたことを伝えに来た。


食事を終え、再び部屋に戻ってくる。

ようやく、お風呂の時間だ。柴さんによると、もう他の宿泊客はみんな入浴を済ませたので、時間は気にしなくていいとのことだった。つまり、あとは私たちだけで自由に使える。

「さて……誰からお風呂に入る？」

「雪さんが先に行っていいよ」

操《みさお》もそれでいいよね、とお兄ちゃんに振られる。できれば一番に入りたかったけど、疲労の度合いはおそらく雪さんが一番大きい。だからここは譲ることにした。

「じゃあ、お言葉に甘えて……」

いつもならもっと遠慮しそうなところだけど、もう余裕がないのか、すんなり従った。雪《ゆき》さんが部屋を出て行き、私とお兄ちゃんだけになる。

さて、とお兄ちゃんがこちらを見た。

「お布団、敷こうか」

「……それって、旅館の人がやってくれるんじゃないの？」

「ここは民宿だから自分でやらなくちゃダメなんだよ。たぶん……」

そういうものなんだ。今まで泊まってきた旅館って、どこもいいとこだったんだな……とひそかに思う。お風呂《ふろ》が共用の時点で察するべきだった。

お兄ちゃんと一緒に押し入れから布団を引っ張り出して、床に敷いた。洗剤の匂《にお》いが強めのシーツに、硬い枕《まくら》。まぁ、我慢できないほどではない。

私は布団の上に腰を下ろす。足を投げ出して、自分の太ももを揉《も》みほぐした。満足に滑られなかったとはいえ、久しぶりのスキーで軽い筋肉痛があった。そんな私と違って、お兄ちゃんはまだ余裕があるみたいだ。窓辺に立ち、外を眺めている。さすが毎日走っているだけあって、体力がある。

それから特に会話もないまま時間が流れて、雪さんが戻ってきた。

「あ、お布団敷いてくれたんだ。ありがと～」

雪さんは出入り口側の布団に座ると、ぼふんと背中から倒れた。身体《からだ》から空気を抜いていくように長い息を吐いて、静かに目を瞑《つむ》る。

お兄ちゃんが、窓辺からこちらにやってきた。

「次、お風呂行ってきなよ。どうせ昨日は入ってないんでしょ」

「知ってたの？」

「見れば分かるよ」

え、見れば分かるほど汚らしい格好だったの……？

急に恥ずかしくなって、私はお風呂に急いだ。

「あ、操《みさお》」

部屋から出ようとしたところで、雪さんに止められた。頭だけ起こして、私に眠たげな目を向ける。

「一応、いろいろ買っといたから。見といて」

そう言って、壁際に置かれたコンビニの袋に視線を送る。

いろいろってなんだろう、と思いながら袋を開けると、中には新品の下着と靴下が入っていた。余計な気を使われて、軽く羞恥《しゅうち》心が湧《わ》く。こんなもの……でも、一応、持って行くだけ持って行こう。気に入らないなら捨てればいいんだし。

素早く袋を回収して、私はお風呂へ向かった。

念入りに身体《からだ》を洗って、部屋に戻ってくる。交代でお兄ちゃんがお風呂《ふろ》へと向かった。

布団の上に座ると、雪《ゆき》さんの身体がもそりと動いた。

「みさお～……スキー、楽しかったぁ？」

まだ起きてた。さっさと眠ればいいのに。それとも、私が起こしちゃったんだろうか。

「……まぁ、普通」

「そっか、普通かあ……」

寝言かな、と思うくらい声がふにゃふにゃしている。半分寝ているのかもしれない。目も閉じてるし。

——今なら、本音を聞けるかも。

疲れ切って体裁を保つ余裕もない今の雪さんなら、『優しい母親』ではなく、雪さん自身の言葉が聞けるかもしれない。私はごくりと息を呑《の》んで、あくまで自然に、話しかけた。

「……あのさ」

「ん～？」

「辛《つら》くないの？」

私は右手でシーツを握りしめる。

「私、普段から雪さんにひどいこと言ったり、心配かけたりして、全然、いい子にしてない。

今日だって、家出したうえ、いきなりスキーに付き合わせちゃって……しんどいでしょ。逃げ出したくならないの？　私だったら、絶対、耐えられない」

雪さんは目を閉じたまま、ゆっくりと口を動かす。

「……辛いし、しんどいことばかりだよ」

でも、と続けた。

「逃げようとは思わないかなぁ」

「どうして？」

「だって、決めちゃったもん。一度決めちゃったら、あとはもう、もがくだけ……」

声が寝息に溶けて、何を言っているのか聞き取れなくなる。やがて、すぴぃ、と間の抜けた鼻息が聞こえた。もう完全に眠ってしまったようだ。

意味が分からない。決めたって何を？　もがくってどういうこと？　結局、聞きたいことは聞けなかった。でも、たぶん、今のが本心なのだ。自分でも不思議だけど、そこに関しては疑わなかった。

なんなんだ、この人。

ちょっと呆気《あっけ》ない。私がずっと突き止めようとした真実が、雲のような形のないものだったみたいな……でもまぁ、案外、こういうものなのかもしれない。

しばらくして、お兄ちゃんが部屋に戻ってきた。

「雪《ゆき》さん、もう寝た？」

起こさないよう、小さな声で訊《き》いてくる。私はこくりと頷《うなず》いた。

お兄ちゃんは壁際に置いてあるレジ袋を開いて、中からアーモンドクラッシュのポッキーを取り出した。この民宿に来る途中で買ったのだろう。それを持って窓際のスペースに移動すると、椅子《いす》に腰掛けて、ポッキーの袋を開けた。

「操《みさお》も食べる？」

「……うん」

私も、お兄ちゃんのところに向かう。

「あ、電気。消しといて」

言われたとおり、ドアの横にあった照明のスイッチを切った。一瞬、部屋が真っ暗になったけど、窓際のスペースに別の照明があって、お兄ちゃんはそっちのスイッチをオンにした。オレンジ色の弱い光が、窓辺を照らす。

雪さんを踏んづけないよう進んで、お兄ちゃんの正面に座る。そして、私もポッキーを囓《かじ》り始めた。

ぽりぽり、ぽりぽり。

ポッキーを囓る音が部屋に響く。静かだ。雪が音を吸い込んでいるのか、それとも窓が分厚いからか、外の音は一切聞こえない。

「お兄ちゃんは、怒ってないの？」

内心ビクビクしながら、そう訊いた。

「怒ってたけど、もう、どうでもよくなっちゃったよ」

「本当に？」

「怒られたいなら、怒るけど」

「……遠慮しとく」

ポッキーに手を伸ばす。

窓の外は、ちらちらと粉雪が舞っている。外の音が聞こえないせいか、まるで巨大な画面に映し出された映像を見ているようだった。ずっと見ていても飽きなくて、むしろ視線が吸い込まれる。

「ぼく、明日から雪さんのことお母さんって呼ぶよ」

突然、お兄ちゃんはそう宣言した。

自分でも意外だけど、大して驚かなかった。

「どうして急に？」

「もし今後、雪さんが身体《からだ》を壊したら、罪悪感で死にたくなりそうだから」

「何それ。雪さんのためじゃなくて、自分のため？」

何一つ悪いような顔をせず、お兄ちゃんは「うん」と頷く。そうはっきり肯定されると、こっちが間違っているように思えてくる。実際、そうかもしれない。

「知ってる？　雪《ゆき》さん、たまに深夜に一人でお酒飲みながら泣いてるんだよ」

「えっ」

今度は、驚いた。

「初めて見たときはびっくりしたよ。大人でもめそめそ泣くことがあるんだなって……しかも、聴いてる曲が中島みゆきっぽいんだよね」

「いや、誰の曲かはどうでもいいけど……あの雪さんが？」

「うん。やっぱり苦労してるんだよ。だから操《みさお》も、あんまりひどいこと言わないであげなよ」

「……」

私が黙っていると、お兄ちゃんはパキンとポッキーを噛《か》み砕いた。

「元気な人でも、死ぬときは死ぬよ」

「……知ってるよ」

そんな怖いこと言わないでよ、と思う。

「私も……お母さんって、呼べたら呼ぶ」

「それ、呼ばないやつじゃん」

お兄ちゃんはくすりと笑った。結構、真剣に言ったのに。

「じゃあ、お兄ちゃんのことはさ――」

ほんの少し、私は声を張った。

「お姉ちゃんって、呼んだほうがいいの？」

「え？」

驚いたようにこちらを向く。

私が冗談で言っているわけじゃないことを察したのか、お兄ちゃんはわずかに目を細めた。

「……操はどっちで呼びたいの？」

「お兄ちゃんがいい」

私は即答した。

「だって、お兄ちゃんは昔からずっとお兄ちゃんだもん。急に女として生きてくなんて言われても飲み込めないよ。それにお母さんだって、お兄ちゃんのこと、男の子だもんね、って言ってたじゃない。入院してたとき、ずっと操の優しいお兄ちゃんでいてね、って……」

途端に、気持ちが心の底から溢《あふ》れてくる。

「それに、スカートなんて穿《は》いて学校に行ったら、お兄ちゃん、いじめられるんじゃないかと思った。昔、小学校の通学路に男同士で住んでた人いたでしょ？　あの人たちみたいに、周りから笑われたり、いたずらされたりするんじゃないかって……周りの人と違うことをしていたら、悪く言われるから。そういう町だから。だから、お兄ちゃんにはちゃんと男のままでいてほしかった。もう何も変わってほしくなかったんだよ。でも……」

火傷《やけど》しそうなくらい熱い涙が、目から流れてくる。

「お兄ちゃんが、学校で人気だって聞いて……じゃあ私、ずっと間違ってたのかもって思って、それが嫌《いや》で……ずっと昔のお兄ちゃんのままでいてほしいって思うのは、結局、ただのワガママなんじゃないかって、そう思ったら、なんか、苦しくて……だから……」

ああ、ダメだ。もう喋《しゃべ》れない。嗚咽《おえつ》が漏《も》れてしまう。泣いたら、雪《ゆき》さんを起こしてしまう。

「操《みさお》……」

お兄ちゃんは私のそばに寄ると、椅子《いす》の横でしゃがみ込んだ。そして、私の手を強く握ってきた。お兄ちゃんの手は冷たくて、すべすべしていた。何も言わず、ただ握り続けた。

嗚咽が収まってくると、お兄ちゃんは心配そうに私の顔を覗《のぞ》き込んだ。

「落ち着いた?」

「……うん」

お兄ちゃんは私の手を握ったまま、静かに語りかける。

「よく覚えてるよ。たしかにお母さんは、優しいお兄ちゃんでいてね、って言ってた。一度も、忘れたことはないよ。あれは、あの言葉は……正直、重かった」

ぎゅっと手に力が入る。

「でも、あのときかけてくれた言葉を、ぼくは絶対に——呪縛《じゅばく》とか、そういうふうに捉《とら》えたくないんだ。言葉自体が重荷であっても、お母さんの優しさは、絶対に本物だから」

「……私も、そう思ってる」

お兄ちゃんは、にこりと微笑《ほほえ》んだ。

元いた椅子《いす》に戻って、ポッキーの袋に手を入れる。だけどもう空だったみたいで、袋を近くのゴミ箱に捨てた。

「お兄ちゃんのままでもいいよ」

私は目を見開く。

「いいの……？」

「うん。操《みさお》の呼びたいように呼んで。それでぼくが嫌《いや》な気持ちになることはないから」

言葉どおりに受け取っていいのか、不安になりながら、私はおずおずと口を開く。

「お兄ちゃん」

「はい」

「お兄ちゃん」

「何？」

「お兄ちゃん」

「ど、どうしたの」

「……ありがとう」

お兄ちゃんはきょとんとしたあと、照れくさそうに頬《ほお》をかいた。

「そろそろ寝ようか」

「うん」

私とお兄ちゃんは立ち上がる。

寝る前に、歯ブラシとタオルを携《たずさ》えて廊下に出た。洗面所に入って、二人並んで歯を磨く。ついでに私は、涙のあとを水で洗い流した。


その夜、昔の夢を見た。

ずっとずっと昔の夢だ。

私は毛布の上でうたた寝をしていた。そばでお母さんが、細い腕をきびきびと動かして洗濯物を畳んでいる。

つん、と頬に何かが触れた。

横を向くと、男の子が私の顔を覗《のぞ》き込んでいた。

「みさお」

彼はそう呼ぶと、面白がるようにぺたぺたと私の頬に触れた。

私は目を擦《こす》って、男の子の顔に焦点を合わせる。柔らかな口元に、ぴんと出た耳。お母さんと同じ、灰色の瞳。

彼は私の隣に寝転ぶと、優しく微笑んで、もう一度「みさお」と呼んだ。

名前を呼ばれるたび、身体《からだ》の内側がくすぐったくなった。空が晴れ渡るように元気が出てきて、遊びたい気持ちが湧《わ》いてくる。私は毛布を蹴《け》飛ばして、男の子の胸に這《は》い上がった。

「おにいちゃあん」

彼の薄い胸元に、顔をぐりぐりと擦《こす》りつける。骨が近くて、柔らかさはあまりない。だけど温かくて、お母さんと同じ匂《にお》いがした。

私の、一番古い記憶だった。

＊

「うう〜ん……」

ようやく雪《ゆき》さんが布団から起き上がった。

髪をまとめずに寝ていたせいか、寝癖がすごいことになっている。ぼりぼりと背中をかきながら、枕《まくら》の横に置いていた携帯を手に取った。だけど充電が切れていたのか、ぽいと布団の上に投げ捨てる。

いつも私より早く起きているから、寝起きの雪さんを見るのは初めてかもしれない。意外と朝に弱いのか、目が半開きになっている。

「今、何時……？」

「九時半だよ」

お兄ちゃんが教える。私もお兄ちゃんも、すでに顔を洗っていて、いつでも民宿を出られる。窓際にある椅子《いす》に座って、雪さんが起きるのを待っていた。

「チェックアウト、一〇時だっけ……もう起きなきゃ」

雪さんは立ち上がって、思い切り背伸びをする。んはあ、と息を吐くと同時に腕を下ろして、肩をぐるぐる回した。

「二人とも、おはよう。起きるの早いね～」

「お母さんが遅いんだよ」

そうお兄ちゃんが突っ込む。

「ごめんごめん。じゃあ顔を洗いに行って――」

雪さんが固まる。

だけどすぐ、何事もなかったように動きだす。なんとかして『いつもどおり』に振る舞おうとしているみたいだった。気を使わせまいとしているのだろう。こちらを振り返ることなく、部屋を出た。

あ、と何かに気づいたようにお兄ちゃんが声を上げる。

「タオル、忘れてる」

「……私が届けてくる」

「ん、じゃあお願い」

タオルを受け取った。

部屋を出る前に、一度、深呼吸をする。

――家出したこと、ちゃんと謝るんだ。それと……。

「よし」

私は部屋を出て、お母さんにタオルを届けに行った。

間章

「じゃあ、操《みさお》ちゃんとは上手《うま》くやれてるのか？」

「一応ね」

走りながら、汐《うしお》は頷《うなず》く。

星が瞬く夜明け前、空は深い青色に染まっていた。俺と汐は、初日の出を拝むため近くの丘へと向かっていた。最初は自転車で行く予定だった。だけど以前、汐に朝のランニングに誘われていたことを思い出して、走って行くことにしたのだ。

実は、ちょっとだけ後悔している。まだ目的地まで三キロ近くあるが、すでに脇《わき》腹が痛い。おまけにこの刺すような寒さだ。冷たい空気を吸い込むたび、喉《のど》の奥がすり切れるように痛んだ。

「雨降って地固まる……ってやつなのかな。これで操も、高校受験に集中できると思うよ」

「……汐は、それでよかったのか？」

喋《しゃべ》るたび喉が痛むが、少し気がかりなところがあったので話を続けた。

「操ちゃんが雪《ゆき》さんのことお母さんって呼ぶようになったのはよかったけどさ……汐の呼び

方はお兄ちゃんのままなんだろ？　それって、汐《うしお》的にどうなのかなーって……」

「別に構わないよ」

デリケートな質問だと思って少々訊《き》くのをためらったが、汐は何食わぬ顔で答えた。

「操《みさお》が生まれたときから、ずっとお兄ちゃんって呼ばれてたんだ。いきなり呼び方を変えるってのも、難しい話だと思うよ。ぼくだって一人称はぼくのままだしね」

呼び方はどうでもいい、というより、妹だから仕方がない、といったようなニュアンスだった。汐は汐で、操ちゃんを慮っているみたいだ。

「それに、どうせ高校を卒業したら家を出るから」

「……そっか」

大学に合格して上京すれば、椿岡《つばきおか》に戻らないかぎり、汐が操ちゃんと同居することはない。汐の言い方は少し冷たいように感じてしまったが、健全で、冷静な思考だ。家族だからといって、ずっと一緒にいなければいけないわけじゃない。

家族とは一番身近な他人――なんて言葉を耳にしたことがあるが、たぶん正しい。結局のところ、自分のことを完全に理解できるのは、自分だけなのだ。そして、自他とのあいだにあるどうしようもない断絶を埋めようとする意思こそが、愛情や友情と呼ばれるものなのだろう。

「ま、仲直りできて安心したよ。また遊びに行ってみようかな」

「うん。お母さん、喜ぶと思うよ。それに操も」

これでしばらく、槻ノ木《つきのき》家も安泰だろう。

すっかり安堵《あんど》していると、汐が走りながら腕時計を確認した。

「……このペースだとちょっと危ういな」

「え？」

「少し飛ばそうか」

汐が加速する。俺は慌ててついていった。

今までは俺のペースに合わせてくれていたが、このままだと日の出に間に合わないみたいだ。うへえ、と思いながら、俺は必死で走る。普段から少しくらい走っておけばよかった。

そもそも初日の出を見ようとしたきっかけは、中止になったデートの埋め合わせだ。こういうのは早めのほうがいいと思って、俺から提案したのだ。ただ場所については、汐が任せてほしいと言ったので、そちらに従った。なんでも、穴場があるらしい。

はっ、はっ、と二人分の規則正しい呼吸のリズムが、静謐《せいひつ》な朝の空気に溶け込んでいく。吐く息は白く、冷たい風が顔に吹き付ける。それでも走っているうちに身体《からだ》が温まってきて、背中が少し汗ばんできた。

走ることに集中してしばらく経《た》った頃《ころ》、目的の丘が見えてきた。ここから坂を上らないといけないらしい。こっちはもう限界が近いのだが……。

「あともう少しだよ、頑張れ！」

汐《うしお》に激励されながら、俺は体力を振り絞って、舗装された上り坂を駆け上がる。

丘の中腹まで来た頃《ころ》、ようやく汐は足を止めた。路肩が膨らんだスペースがある。トラックが一台停まれそうなほどの広さがあって、俺たち以外に誰も人はいなかった。

「はぁ、はぁ……ここか……？」

膝《ひざ》に手をついて呼吸を整える。め、めちゃくちゃ疲れた……。

「はい、タオル」

「ああ、ありがとう……」

ウエストポーチに入れていたタオルを差し出され、俺はありがたく受け取る。

汗を拭《ふ》いて顔を上げると、前髪を冷たい風が持ち上げた。

視界に住宅街が広がっていた。東の空は白みがかり、薄明が星の光を飲み込もうとしている。日の出までもう間もない。

「間に合ったね」

「そうだな……」

俺と汐は太陽が顔を出すのを待った。

東の空が赤く染まり始め――山の向こうから、光が溢《あふ》れだした。

「おお……」

一筋の光線が、しゃーっと布にハサミを入れていくように空を切り裂く。太陽は徐々に輝きを増し、空を朝焼けに染めていった。見慣れているはずの日の出が、こんなにも美しいなんて。眼前の景色に、俺はすっかり目を奪われた。

「綺麗《きれい》だね……」

と汐が呟《つぶや》く。

「ああ……ほんとに」

と相槌《あいづち》を打つ。それ以上の言葉は不要だった。二人でじっと昇る朝日を眺め続けた。

太陽が半分ほど姿を見せた頃、俺は隣を向いた。

「汐」

「ん？」

「今日は、伝えたいことがあるんだ」

汐もこちらを向いた。

やや緊張感を帯びたまっすぐな瞳が、俺を捉《とら》える。

本当は、クリスマスイブに言うつもりだった。だがそれは叶《かな》わなかったので、今、伝える。

迷いが生まれるよりも早く、俺は言った。

「付き合おう」

あとがき

四年前に初めて本を出したときから、しつこいくらい家族の話を書いている気がします。それも、社会が持つ理想の家族像からは遠い家族ばかりな気が。正直なところ、そういう話を書くのはちょっと気が重い。誰かのトラウマを掘り起こしたり、望まない悲しみを与えたりしているんじゃないかと思うと、毎回手が止まりそうになります。

じゃあどうして書いてんの？　というと、やはり十代を主人公にするうえでは、家族が最も身近でこじれやすい人間関係だと考えているからで……というのは後付けで、本当はただ家族の話をしているときが一番筆が乗りやすいから書いているだけかもしれません。すみません。これに関しては自分でもよく分かっていません。それでも、家族というものに対して言いたいことが多いのは、やっぱり事実なんだと思います。

人間、誰にでも「家族とはこういうもの」という思い込みがあって、それは「親友とはこういうもの」とか「恋人とはこういうもの」とかよりも偏りが大きく、なおかつ強固なものだと思っています。でも、いくら家族でも自分とは異なる個人である以上、まったく別の人間で、価値観が異なることも当然あります。家族という結びつきは、しばしば自分以外の人間が他者であることを忘れさせ、相互理解を阻み、独自の常識を適用させがちです。

もちろんホームドラマのような温かい家庭も存在しますし、独自の常識が結束を強めることもあるでしょう。それでも、どんな家庭にも大なり小なりこじれている部分は必ずあって、なのに家族愛を謳《うた》う映画や音楽は多くて……そんな世間とのズレが、僕に家族の話を書かせているのかもしれません。

でも最近になって、家族信仰はどんどん薄れてきているような気がします。悪い親が出てくる作品もよく見るし（お前が言うなという話ですが）。それはそれでなんだか悲惨というか、そうじゃないだろう、みたいな気持ちがあり……結局のところ、僕も「家族とはこういうもの」という偏った思い込みに囚《とら》われているだけなのかもしれません。

なんだか曖昧《あいまい》な物言いばかりになってしまいました。まぁあとがきだからこんなもんでいいでしょう。たぶん。

謝辞です。担当編集の濱田《はまだ》様。巻を重ねるにつれ赤字の数が減っていくことに、自分の成長とわずかな寂寥《せきりょう》を感じます。まぁ少ないほうがいいんですけどね。くっか先生。今回も素晴らしいイラストをありがとうございます。どうかご自愛しつつ、今後ともよろしくお願いします。

読者の皆様。四巻までお付き合い頂きありがとうございました。またお会いしましょう。

次が最終巻です。

二〇二三年一一月某日　八目迷《はちもくめい》

GAGAGA

ガガガ文庫

ミモザの告白4

八目 迷

発行　2023年12月23日　初版第1刷発行

発行人　鳥光 裕

編集人　星野博規

編集　濱田廣幸

発行所　株式会社小学館
〒101-8001 東京都千代田区一ツ橋2-3-1
［編集］03-3230-9343　［販売］03-5281-3556

カバー印刷　株式会社美松堂

印刷・製本　図書印刷株式会社

Printed in Japan　ISBN978-4-09-453139-8